SEMENTES DE PAZ

ORGANIZADORA: SUELI LOPES

ILUSTRAÇÃO DA OBRA E ARTE DA CAPA:
RONALDO LOPEZ

2023

SEMENTES DE PAZ

SUELI LOPES (organizadora)

Título original

SEMENTES DE PAZ

Primeira publicação em Londres, Reino Unido

Primeira edição

Todos os direitos da obra SEMENTES DE PAZ revervados à autora do projeto e organizadora da coletânea.

Arte da capa e ilustração da obra: Ronaldo Lopez

Projeto Editorial, Coordenação e Organização: Sueli Lopes

Curadoria Científica: Sâmela Andrade

Leitura Crítica: Adriana Strella e Sâmela Andrade

Curadoria Literária: Sueli Lopes

Prefácio: Beth Goulart

Relações Internacionais: Dalvony Savic

Relações Públicas: Henrique Sungo e Solange Castro

Copyright © Sueli Lopes, 2023

Apoio: Delegacia Cultural FEBACLA Teresópolis/RJ e African PSC

A todos aqueles que acreditam na paz e no poder de humanização da Literatura.

SUMÁRIO

"[...]
Ó suave paz, grandiosa e linda,
chegai! Ponde, por sobre os trágicos sucessos,
dos infelizes que se degladiam,
vossa varinha de condão!
Tudo se apague! Este ódio, esta cólera infinda!
Fujam os ventos maus, que ora esfuziam;
que se vos ouça a voz, não o canhão!
Ó suave paz, ó meiga paz!
 [...]"

(Mário de Andrade)

APRESENTAÇÃO
Por Sueli Lopes

 diáspora, segundo Paul Gilroy (2001), é um conceito que perturba a mecânica cultural e histórica do pertencimento, altera o poder fundamental do território para determinar a identidade, ao valorizar os parentescos sub e supranacionais, histórias pós-coloniais, trajetórias e sistemas de trocas transculturais.

E como fruto desta valorização de trajetórias e sistemas de trocas transculturais, nasceu o Grupo Internacional de Escritores Vozes da Diáspora (GIESVODI) em Londres, o qual tem como principal objetivo contribuir para o patrimônio literário, linguístico e cultural da língua portuguesa; além de integrar, valorizar e incentivar escritores por meio de seu maior patrimônio cultural: a língua. Aqueles que, mesmo longe de sua pátria, conseguem deixar legados. Não apenas "assistem" à História, mas a registram, com as mais variadas e encantadoras formas que a Literatura permite.

Afinal, artistas humanistas não se omitem: fazem que sua Arte também seja um instrumento de alerta contra as injustiças sociais de qualquer natureza. Graciliano Ramos (1996) já dizia: *Qualquer romance é social. Mesmo a literatura de marfim é trabalho social, porque só o fato de procurar afastar os outros problemas é luta social.*

Sim, porque, como toda Arte, a Literatura não se reduz e não pode ser reduzida ao prazer estético, ao desfrute momentâneo. Ela vai muito além! Como forma de expressão, individual ou coletiva, também é e deve ser instrumento de conscientização acerca dos problemas que afligem a Humanidade.

A Coletânea *Sementes de Paz* nasceu nesse contexto e com essa conscientização. É tempo de fazermos manifestos de paz! E não abrimos mão de nossos irmãos que estão fora da diáspora. A participação deles tornou-se também de fundamental importância para a obra, pois a voz daqueles que encontram-se em suas "pátrias mães" sentiu alegria em juntar-se à nossa.

Aqui, "colonizados ou colonizadores" têm o mesmo grito, por um propósito maior. Aqui, o *Rio da Terceira Margem* pode desaguar no Tejo, *que pode ser mais belo que o rio que corre pela minha aldeia*...e a canoa segue até encontrar as belezas exóticas do Cabo Verde. Ou, quem sabe, prossegue anunciando o *Silêncio nas ruas* em *Canção Para Angola*? Talvez as *Vidas Secas* do Nordeste brasileiro se identifiquem também com as de Moçambique, Guiné-Bissau, Timor-Leste, São Tomé e Príncipe. Porque a Literatura tem este poder. Ela nos transporta a tempos e espaços diferentes, em questão de segundos.

Para falar a verdade, esta é a maior beleza da coletânea: a mesma língua, com suas diferenças regionais, orgulhosamente mantidas. Se fomos capazes de nos unir e ecoar uma só voz, é porque as particularidades não são muros entre nós, portugueses, brasileiros e africanos. Ou pelo menos não devem ser. E isso importa! Que a nossa, e as gerações futuras, entendam o propósito em tamanha união.

Que se ouça a nossa voz! Não podemos e nem vamos nos calar, pois sabemos que a função social da Literatura é também facilitar ao homem compreender e, assim, emancipar-se dos dogmas que a sociedade lhe impõe. Permanecemos firmes em nossa missão de contribuir para o patrimônio literário, linguístico e cultural de nossa língua. Que nossa escrita e nossa expressão artística alcancem futuras gerações. A Literatura une povos! Apresentamos a primeira, de muitas coletâneas que virão, e nossa mensagem é: que a paz prevaleça no mundo!

PREFÁCIO

ATINGIR A PAZ

Ilustração: <LOPEZ, Ronaldo>

Por Beth Goulart

ATINGIR A PAZ

Atingir a paz é o objetivo maior que nossa alma deseja, ela almeja encontrar em si mesma esse lugar de tranquilidade espiritual, de bem aventurança. Porque a paz é a ausência de conflito, é a sintonia com o Absoluto, é um estado que excede todo o entendimento, é a compreensão e aceitação dos desígnios divinos.

Quando falo aceitação, desejo me referir a um tipo de compreensão específica, aquela que conhece os motivos do mundo e os aceita como necessária para o caminhar da humanidade. Muitas vezes como provação por tudo o que passamos, como serviço, quando nos colocamos à disposição de um objetivo maior e, como crescimento, se tornando um aprendizado evolutivo e transformador.

Às vezes abrimos mão de vantagens para distribuir o bem maior para os outros e isso se torna uma dádiva de nossa alma. Vivemos num mundo egoísta, que não reconhece que abrir mão de um benefício próprio em nome da coletividade é muito mais meritório do que o acúmulo de uma vantagem. Percebo que a humanidade está doente, aprisionada numa visão de mundo reducionista, violento, autoritário e imediatista, onde o que vale é a quantidade e não a qualidade das coisas e relações, o acúmulo, a ganância, a soberba de atitudes. Obcecado pelo poder e pelo dinheiro, o homem não mede esforços nem consequências para sua ambição. Passa por cima dos critérios da ética e da solidariedade humana, causando muito sofrimento, muito desespero, com impactos sociais gravíssimos.

Quando pensamos em coletividades, culturas, povos, famílias, pensamos em números, no que significam em termos estatísticos, mas esquecemos que são seres humanos que estão ali, são indivíduos, cada um com sua própria história. Olhamos para a destruição que uma guerra pode fazer para tanta gente, em tantos lugares pelo mundo e o que ela pode provocar e ficamos estarrecidos diante de tudo isso. Suas vulnerabilidades. Seus traumas, como a desestruturação familiar, o fechamento de escolas, a paralisação de serviços públicos, migrações forçadas que dão origem aos "refugiados urbanos". Traumas psicossociais muito fortes, causados pela perda de tudo o que gera dignidade na vida dessas pessoas. Fome, frio, a perda de si próprio, da vida que se tinha, muitas mortes, doenças, desespero, dor, luta pela sobrevivência, resistência, mas também muita coragem, fé, esperança e superação.

Para aqueles que viveram tudo isso, a paz parece ser inatingível. A paz não pertence a esse mundo. Mas o ser humano tem uma capacidade infinita de se reerguer após um conflito, de renascer após uma batalha, de se renovar ao acordar em cada manhã.

É em nome dessa fé, dessa esperança que mora dentro de cada um, que a arte chama para a vida, que a arte nos convida para voltar a sonhar, que a arte cria uma futura realidade. Tudo passa! As dores passam, as perdas passam, os traumas, as dificuldades, os sofrimentos e depois de uma tempestade o Sol volta a brilhar novamente. Depois da meia noite o novo dia é inevitável, e um novo dia começa para todos. Ouvir os relatos de quem passou por tudo isso é um lembrete para todos nós de que a vida continua sempre. Apesar de tudo, a vida continua e sua beleza ainda estará presente em cada flor, em cada voo de pássaro, em cada amanhecer, nas estações que continuarão a desenhar suas paisagens, as crianças voltarão a sorrir e a brincar.

E um novo tempo surgirá para a Humanidade que souber como extrair o amor de suas entranhas, apesar de toda a dor.

Beth Goulart, atriz, cantora e dramaturga brasileira.

INTRODUÇÃO

ONDAS DE ESPERANÇA!

ONDAS DE ESPERANÇA

 hristopher Vogler (2015) sugere que *"um livro começa como uma onda rolando na superfície do mar. Ideias irradiam da mente do autor e colidem com outras mentes, desencadeando novas ondas ..."* Esta é a citação perfeita para discorrer a introdução deste livro, pois, ele traz um ritmo de ondas, movimento, dança. Mas como a Literatura é também a "mãe" das dicotomias, eu diria que a obra *Sementes de Paz é como um canteiro*, uma terra fértil, onde a palavra é germinada com adubos de esperança e amor. Ana Cláudia Quintana Arantes não exagerou, ao dizer: *"Como a água, a escrita pode se adaptar a qualquer movimento...Como o ar, a escrita pode permear todas as emoções humanas...Como o fogo, a escrita transforma. Como a terra, a escrita é fértil."*

Para acompanhar este ritmo, os textos não foram escolhidos em ordem alfabética pelos títulos ou os nomes dos autores, como a maioria das coletâneas, nem por "nível de importância". A ideia foi chegar o mais perto possível do ritmo de uma onda: emocionar, informar, opinar, poetizar, conscientizar. Sempre caminhando entre a poesia e a informação; entre a razão e a emoção; entre a catarse e a reflexão, trazendo em mente o que nos aconselhou Carl Jung (2008): "Conheça todas as teorias, domine todas as técnicas. Mas, ao tocar uma alma humana, seja apenas outra alma humana."

Eis a metáfora de uma grande tapeçaria, onde as diversas culturas do mundo "dançam" em ritmos diferentes. Porém, para encontrar a paz, precisamos descobrir a frequência certa, como a onda de um velho rádio. Mas, nossa "onda" viaja no tempo e no espaço, e é capaz de se encontrar com Freud e Einsten, trocando um diálogo sobre a paz no mundo. E no meio de tantos ritmos, os movimentos ancestrais da "Mãe Terra" têm muito a nos ensinar, da mesma forma que o samba pode ser a paz de alguém.

Que nossas ondas se encontrem com as cachoeiras e com todos os povos originários da Terra, trazendo a sabedoria milenar que eles têm, especialmente no que se refere a cuidar de nosso meio ambiente. Pois, ele é também objeto de Arte, de quem, inclusive, nos lembrou de que a Astronomia foi criada num momento de contemplação ao céu.

Nossas ondas atravessaram o trilho da vida e mostraram que é possivel a proposta de uma nova ciência, a Ciência da Paz! Ou seriam muitas pazes? Talvez sim, há quem afirme que ela é coletiva e, por acaso, pode ser trazida no "Congo da Paz". Contudo, vale a reflexão sobre seu impacto nos povos africanos e, por incrível que pareça, a Medicina aponta a paz como um dos maiores remédios, e pode ser "parida". Mas, na mente de uma criança, a paz é uma ação de gentileza. Na memória de alguns, é representada até por uma pipa no ar. *"Vai Poesia!"* E, não se esqueça de que a paz interior pode ser gerada também pelo Direito e pela Segurança.

Mas, como "tesouro escondido", a paz pode ser descoberta na Educação e deve ser preservada ou promovida nas diferenças. Porque, afinal, todos estão à procura de paz! E pode ser que até ao ativar os hormônios do bem-estar, podemos promovê-la, pois o esporte, as Olimpíadas surgiram com o propósito de unir povos e culturas. De igual modo, o futebol pode ser um veículo de paz.

Seria a paz uma célula nata? Como os judeus a definem de acordo com a existência humana? À luz da Bíblia, a paz é encontrada no Salvador; todavia, para alguns, ela é a liberdade de ser quem realmente somos, com leveza. Mas, o que é paz, afinal? Poderíamos encontrá-la como um souvenir? Ou há Anjos que nos ajudam a alcançá-la? Talvez a paz comece na alma! Mas, quem dera a paz, quem dera!

Na verdade, sempre estamos à procura de paz. Porém, ao invés de buscar, talvez devamos "ser a paz". Afinal, ela existe em cada um de nós. E, como pontos de luz, emanamos amor, pois somos um! A paz é universal, mas parte de cada um de nós.

Que nossas ondas possam amenizar a seca de afeto que invade o mundo. Que elas possam encontrar outras ondas e, no fluxo da "dança do Universo", inundar a Humanidade com esta mensagem de paz. Apesar de tudo, declaramos:

É tempo de grandes esperanças!

Sueli Lopes é Drª h. c. em Literatura; Acadêmica Internacional, cadeira nº 276, Patrona Marguerite Duras, da FEBACLA (Federação Brasileira dos Acadêmicos das Ciências, Letras e Artes). Possui o título honorífico de Embaixadora da Paz pela *The Peace Maker*, em cooperação com o Supremo Consistório Internacional dos Embaixadores da Paz.

É autora, escritora, cronista e colunista internacional, mantendo colunas em alguns relevantes veículos de comunicação em língua portuguesa no Reino Unido. É pesquisadora e Curadora Literária, membra da AILB (Academia Internacional de Literatura Brasileira, sede em Nova Iorque) e CEO do Grupo Internacional de Escritores Vozes da Diáspora (Londres). Foi professora de Língua portuguesa e Linguística na Universidade Federal de Goiás e PUC-Go.

Como reconhecimento de seu trabalho com seminários internacionais literários e linguísticos, foi contemplada com uma bolsa de estudos para uma Pós-graducação, pelo Embaixador da Espanha no Brasil, na Universidade de Salamanca, no ano de 2000.

É pesquisadora de Escrita Humanizada e Topofilia, bem como organizadora de Tours literários e culturais na Inglaterra, com o objetivo de trazer a comunidade de língua portuguesa a uma maior aproximação à literatura e cultura inglesas. Por meio deste trabalho, tem realizado workshops e visitas relevantes, criando ponte entre as culturas de língua portuguesa e a inglesa; entre os lugares e as histórias que eles carregam, dentre os quais se destacam: Shakespeare, Charles dickens, John Betjeman, Jane Austen, Tagore e o Grupo de Bloomsbury.

Sueli acredita que a Literatura pode fazer do mundo um lugar melhor e que a escrita, como tada Arte, é uma excelente maneira de semear o bem. Concorda plenamente com Van Gogh, ao dizer: *Procura compreender o que dizem os artistas nas suas obras-primas, os mestres sérios. Aí está Deus.*

CAPÍTULO 1:

OS DIVERSOS SIGNIFICADOS DE PAZ NAS DIVERSAS CULTURAS PELO MUNDO

Ilustração: <LOPEZ, Ronaldo>

Por Dalvony Savic

OS DIVERSOS SIGNIFICADOS DE PAZ NAS DIVERSAS CULTURAS PELO MUNDO

m todo o mundo, a **paz** dança graciosamente através das diversas culturas, sua essência entrelaçada com o próprio tecido da existência. Seja sussurrada em um canto sagrado, inscrita em uma pincelada caligráfica ou refletida nos olhos de uma criança, a paz tece um fio comum que une a Humanidade em seu anseio por harmonia e serenidade.

Na cultura japonesa, na terra do sol nascente, **paz** encontra expressão no termo "平和" (heiwa). Ecoa a filosofia zen, abrangendo não apenas a ausência de conflito, mas também a harmonia que surge do equilíbrio e da tranquilidade. Este conceito se manifesta nas paisagens serenas dos jardins japoneses, onde pedras cuidadosamente dispostas, água corrente e árvores meticulosamente podadas evocam uma sensação de paz interior e união com a natureza.

Para as culturas nativas americanas, os povos indígenas da América do Norte, **paz** está entrelaçada com a profunda conexão com a Terra e todos os seres vivos. Vai além da cessação das hostilidades para abranger um modo de vida, onde o respeito pela natureza e a harmonia espiritual guiam todas as ações. O conceito Navajo de "Hózhǫ́ǫ́gǫ́ǫ́" resume isso, significando beleza, bondade e o equilíbrio de viver em harmonia com o mundo.

Já na cultura árabe, as areias do deserto do Oriente Médio, **paz** ressoa através da palavra árabe "سلام" (salaam). Enraizada na tradição islâmica, ela incorpora segurança, proteção e ausência de danos. A frase "عليكم السلام" (Assalamu Alaikum) torna-se uma expressão de boa vontade e tranquilidade, proferida como uma saudação e uma oração de paz para os outros.

Nas culturas africanas, a diversa tapeçaria da África tece seus fios únicos no conceito de paz. Em suaíli, "amani" traz a promessa de serenidade e unidade, um senso de comunidade que transcende fronteiras. O espírito do Ubuntu, abraçado por muitas tribos africanas, enfatiza a interconexão da humanidade, afirmando que "eu sou porque nós somos". A **paz**, nesse contexto, torna-se um empreendimento compartilhado, tecido pelos laços da compaixão e da responsabilidade coletiva.

Em meio aos antigos círculos de pedra e paisagens carregadas de névoa, a cultura celta dá vida à palavra **paz** como um profundo estado espiritual. Não é apenas uma ausência de conflito, mas uma profunda sensação de bem-estar e equilíbrio entre forças opostas. O conceito celta de "Rhiannon" incorpora essa noção - uma deusa cujo nome se traduz em "grande rainha" e significa paz, soberania e coexistência harmoniosa.

Já nos textos sagrados do hinduísmo, a **paz** é tecida no tecido da vida diária através do termo "शांति" (shanti). Representa a tranquilidade interior e a ordem cósmica que permeia o universo. Cantos de "Om shanti shanti shanti" ressoam em templos e lares, invocando paz três vezes para corpo, mente e espírito.

No ocidente, para a cultura occidental, a **paz** influenciou a arte, a literatura e os movimentos políticos. Desde o icônico sinal de paz que surgiu durante os protestos antiguerra do século XX até a frase "paz, amor e compreensão" adotada por movimentos de contracultura, tornou-se um símbolo de esperança e um apelo à união.

À medida em que navegamos pelas paisagens da inúmeras culturas diferentes que também estão em constante mudança, podemos valorizar e nutrir os múltiplos significados da paz, reconhecendo seu poder transformador de nos unir como um, pois é nessa unidade que floresce a verdadeira beleza de nossa humanidade compartilhada.

Na encantadora tapeçaria das culturas, a comunicação serve como o fio místico que tece o tecido da paz, promovendo a compreensão e a harmonia entre as diversas almas. Através das paisagens encantadoras do mundo, a importância da comunicação torna-se um farol orientador, iluminando o caminho para um refúgio compartilhado de tranquilidade.

No reino das culturas de alto contexto, como por exemplo nosso Brasil, onde as nuances não ditas têm um significado profundo, a arte da comunicação assume uma dança etérea de sutileza. Como as pétalas delicadas de uma flor de cerejeira desabrochando na brisa da primavera, gestos e dicas não ditas transmitem emoções não ditas, tecendo uma sinfonia silenciosa de compreensão. Nas majestosas terras do Japão, a essência do "wa", a suave harmonia que permeia as interações sociais, floresce através das delicadas pinceladas da comunicação. Abraçando esta graciosa dança de palavras não ditas, os corações convergem em unidade, concedendo o dom da **paz** a uma terra que reverencia a beleza do não dito.

No reino das culturas de baixo contexto, onde prevalece a franqueza, a comunicação ganha o vigor de um tango espirituoso. Cada passo, um movimento intencional, envolvendo clareza e transparência na expressão. Na grandeza das sociedades ocidentais, onde as palavras correm como um rio caudaloso, a busca pela **paz** se desdobra na declaração de tratados e na articulação de acordos talhados a tinta. Em meio à sinfonia do diálogo aberto, surge uma linguagem universal de compreensão, abrindo caminhos para a paz sem o peso de véus de ambiguidade.

No balé das culturas monocrônicas, como por exemplo a Inglaterra onde o tempo segue um ritmo linear, a comunicação torna-se uma sinfonia bem orquestrada de pontualidade e precisão. Cada nota tocada em perfeita harmonia, respeitando a grande partitura de horários e compromissos. No refúgio alpino da Suíça, onde o tempo se move com precisão meticulosa, a busca pela **paz** se torna uma melodia afinada, orquestrada pelos virtuosos da pontualidade. A cada momento que passa, o ritmo da paz bate em uníssono, uma dança harmoniosa de acordo coletivo.

Na valsa das culturas policrônicas, onde o tempo oscila com fluidez, a comunicação abraça a melodia da flexibilidade. Cada passo dado em conjunto, reconhecendo a importância dos relacionamentos sobre cronogramas rígidos. Nas profundezas emocionantes da cultura latino-americana, onde as "siestas" acenam para o abraço do lazer, a **paz** encontra consolo no momento presente. Na cadência da dança despreocupada, os corações sincronizam-se numa tranquilidade partilhada, deleitando-se na arte de viver em harmonia com o fluxo e refluxo do tempo.

No crepúsculo do nosso mundo, onde as sombras da discórdia e do caos se agigantam ameaçadoramente, a essência etérea da paz tornou-se um farol de esperança, guiando a Humanidade em direção a um horizonte luminoso de harmonia. Como um fiapo de nuvem indescritível, a **paz** abre caminho através do coração das pessoas, prometendo tranquilidade e serenidade em um mundo que anseia por uma trégua da tempestade tumultuada.

Neste momento, a importância da paz transcende a aspiração materna; torna-se um imperativo, um apelo desesperado para consertar as fraturas que ameaçam destruir nossa frágil existência. Enquanto as canetas permanecem prontas para escrever os capítulos da História, a ressonância da paz ecoa mais alto do que nunca, incitando-nos a ouvir sua comovente melodia.

A cada dia que passa, as nações em todo o mundo enfrentam conflitos que separam as famílias e semeiam a animosidade entre os irmãos. As chamas escaldantes da hostilidade projetam suas sombras ameaçadoras, consumindo sonhos de prosperidade e sufocando as vozes da compaixão. Diante de tamanha adversidade, o mundo anseia pelo elixir da paz para saciar a fome ardente da discórdia.

É no coração da criança, cujo riso inocente transcende fronteiras e fala uma linguagem universal de amor, que as sementes da paz devem ser plantadas. Pois, ao nutrir as almas jovens, nutrimos a promessa de um futuro em que as espadas se transformam em arados e a caneta substitui a espada.

A paz é o fio de ouro que tece uma tapeçaria de compreensão e empatia, unindo-nos em um abraço compartilhado da Humanidade. É abraçando o mosaico de culturas, idiomas e tradições que descobrimos a profunda beleza de nossa existência coletiva. Como as cores na paleta de um pintor, a diversidade enriquece nosso mundo, e a paz é o pincel do artista que harmoniza cada matiz em uma obra-prima de coexistência.

Além das fronteiras da geografia e da ideologia, a paz serve como o fio comum que une os fios díspares do tecido da Humanidade. É a ponte tênue que nos permite atravessar os abismos do mal-entendido e permanecer, de mãos dadas, nas margens do respeito e compreensão mútuos.

À medida em que os corpos celestes atravessam o céu noturno, eles nos lembram que, mesmo em meio à escuridão, as estrelas surgem para nos guiar em direção a um amanhã mais brilhante. A paz, como a Estrela Polar, torna-se uma companheira constante em tempos de incerteza, mostrando-nos o caminho para a reconciliação e a cura. No entanto, não devemos ser atraídos à complacência, pois a paz requer tutela e dedicação constante. Exige que permaneçamos firmes contra as correntes de ódio, intolerância e violência que ameaçam afogar a harmonia que buscamos.

Agora, mais do que nunca, o mundo deve crescer como um só, pois os desafios que enfrentamos não conhecem fronteiras nem respeitam os limites que nos dividem. A importância da paz neste momento não é um mero eco de saudade; é um apelo à união, compaixão e um compromisso compartilhado de cultivar a paz dentro de nós mesmos e semear suas sementes em todo o mundo.

Na grande sinfonia da vida, a paz é o refrão melódico que acalma os corações cansados da Humanidade. É o presente que damos a nós mesmos e a nossos descendentes - um legado de amor, compaixão e harmonia que transcende os capítulos fugazes da História.

Neste exato momento, vamos compreender o significado da paz com mãos fervorosas e cora-

ções resolutos. Juntos, podemos criar uma tapeçaria de paz que atravessa gerações, servindo
como um testemunho do espírito indomável da
Humanidade e sua capacidade de iluminar até
mesmo os cantos mais escuros de nosso mundo
com a luz radiante da esperança.

Dalvony Savic é desenvolvedora de cursos e líder do Master of International Business Management da University of West London. Seus grandes interesses de pesquisa estão em marketing global e gestao transcultural. Sua capacidade de interagir efetivamente com alunos de diversas origens e culturas rendeu-lhe excelentes resultados, como ser premiada com o Claude Littner Business School professora/conferencista do ano de 2021, melhor tutora pessoal/líder do programa do ano de 2022, e pre-selecionada para melhor tutora pessoal/líder do programa do ano de 2023.

Dalvony contribuiu para as habilidades culturais e conhecimento de marketing global dos alunos, ao mesmo tempo em que apoia sua equipe para ajudar em habilidades, conhecimentos e compreensão dos alunos sobre economia internacional, comércio global, governos, contratos, análise de dados, mercados e finanças.

Dalvony é membro do FHEA Fellow da Higher Education Academy, CMI Chartered Management Institute e contribuiu ativamente para publicações escrevendo capítulos de livros, bem como revisora de artigos e livros didáticos para o SAGE. Ela também é pesquisadora de doutorado em Ética Publicitária e cultura na Apsley Business School, London.

CAPÍTULO 2

A PAZ: COMO NUM ANTIGO APARELHO DE RÁDIO

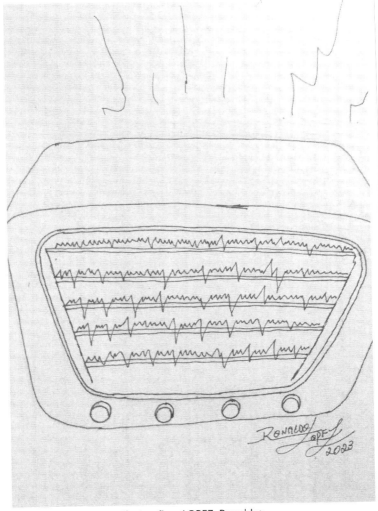

Ilustração: <LOPEZ, Ronaldo>

Por Wesley Sathler

A PAZ: COMO NUM ANTIGO APARELHO DE RÁDIO...

 uando a gente pensa na palavra paz, surge a imagem da pomba branca, a luz no fim do túnel, uma bandeira branca a tremular. Quanta limitação de imagens e sons (qual o som da paz? Água pingando, o barulho das ondas? o canto dos passarinhos?). Queremos sempre rotular o que não cabe em linhas. Mas precisamos dela, da paz. Disso, temos certeza. Alguém, em algum momento, nos ensinou que devemos lutar pela paz. Mesmo quem teve a bênção de viver numa comunidade sem guerra, sabe que a paz é o componente maior para uma vida possível.

Em nossa busca frenética pela paz, a classe média enfrenta um trânsito caótico para chegar em tempo na aula de meditação. Os moradores de comunidades dominadas pelo tráfico e milícias enfrentam balas perdidas para levar seus filhos até o posto médico ou a escola. A família estilo comercial de margarina debruça sobre os filhotes lindinhos urgindo para que saiam da cama, tomem banho e se aprontem para a missa ou escola dominical. A paz é tão necessária que gente rica quer comprar uma casa de campo, uma viagem às Maldivas, ou aquela cadeira caríssima da Polishop que faz massagem. A gente até confunde a paz com o bem-estar.

Odiamos coisas que nos tirem a paz, como o choro de uma criança numa viagem de avião, um celular tocando e momentos e lugares inoportunos, ou a esposa lembrando das contas que não param de chegar e precisam ser quitadas.

A paz escapole por nossos dedos de uma maneira tão sorrateira, que dá raiva. Basta o olhar da pessoa amada para alguém com corpo escultural passando na direção oposta ao nosso doce caminhar. A fúria senta no lugar da paz em questão de segundos. Como é frágil a sensação de paz.

Notícias contrárias à que esperamos, surpresas desagradáveis, problemas de saúde, mudança de planos... tantos são os fatores que nos tiram bruscamente a paz que só sabe quem os enfrenta.

Quando a paz está ameaçada ou longe parece estar, buscamos logo um manual de ensinamentos, conselhos e até rituais religiosos para nos trazer de volta esse sentimento tão volátil. Pensamos na paz sempre como momentos de tranquilidade. E a coisa fica ainda mais tensa quando abrimos a bíblia, por exemplo, e lemos

"No mundo tereis aflições, mas tende bom ânimo" (João 16:33). Poxa, quer dizer então que o Altíssimo não vai me livrar das turbulências e ainda pede para eu ter paciência? Calma, calma coração aflito, na mesma bíblia está escrito que o socorro vem do Senhor que fez o céu e a terra. Tá lá, juro! Vai no Salmo 121 e confere!

A busca pela paz ganha contornos mais sombrios quando líderes mundiais decidem que jogar bomba na cabeça dos inimigos vai resolver a questão. Quem ganha a bomba de presente, ora essa, perde a paz e revida. Ele também quer paz. E assim guerreamos acreditando que a paz está na democracia ou no comunismo, na segurança de um país controlado com mãos de ferro ou livre de fronteiras.

Acreditamos que a paz está na segurança de uma casa dentro de um condomínio com portaria 24 horas, câmeras de monitoramento e um lindo paisagismo para servir de cenário para as caminhadas diárias.

A paz é tão complicada que ela pode vir numa união ou num divórcio. A guarda dos filhos, a divisão de bens, e com quem fica o cachorro também são pontos sensíveis nessa separação pela paz.

Elegemos políticos e exigimos leis que nos permitam viver em paz e justiça para aqueles que nos tiraram a paz. Hum, então a paz pode até ser roubada? Até o gênio da lâmpada vai te dizer que sim. Acredite, existe uma máfia de ladrões de paz alheia. A violência em suas diversas formas é sempre a maior criminosa. A intensidade do ato perpetrado pode roubar a paz, inclusive, para sempre. Tente falar em paz a uma mãe que perdeu o filho para a violência ou para quem, nas trevas do nazismo viu as filas em direção aos fornos crematórios! A paz é além de tudo, assunto doloroso e por vezes, proibido, para quem a perdeu.

No maravilhoso mundo digital, as postagens em mídias sociais dos nossos amigos e até daquelas celebridades que parecem ser donas de todo dinheiro e glamour do mundo, a vida é linda e a paz reina em sorrisos e brindes. Lugares fantásticos, roupas maravilhosas, festas cintilantes, *lifestyle* dos sonhos. Como é linda a paz desse povo bonito. É tão linda que se contrapõe com minha simples rotina de operário. Logo quero a paz de quem brilha e sigo *influencers* e *coaches* que me darão uma luz nessa busca por uma tranquilidade insta*gramável.* E a paz vai embora quando os *likes* não se multiplicam. E pior, quando caem é morte certa.

O nosso grande problema talvez seja, sem querer tirar a paz de quem pensa diferente, ter acreditado que a paz é o prolongamento de momentos felizes. Ora, a própria alegria não é felicidade. A paz, eu apostaria nisso, tem mais a ver com o caminho, do que com o final. É pela jornada e não pelo destino. Explico. Imagine se diante de um daqueles rádios antigos, em que você buscava a melhor frequência virando o botão pra direita ou esquerda até encontrar a sintonia ideal. Assim é nossa busca pela paz. Devemos primeiramente fazer uma escolha por viver na sintonia da paz. Buscar essa sintonia, sabendo que não será frequente nem segura. Assim como o rádio pode ter problemas de pilhas ou eletricidade faltando, interferência na frequência que você escolheu, teremos as tais aflições ditas na bíblia. Sim, voltamos ao conselho divino. Teremos aflições mesmo dentro da sintonia escolhida. Agora, imagina se você escolhe outra sintonia para viver, como por exemplo, a sintonia do toma-la-da-cá, ou a sintonia do egoísmo, do materialismo ou da beligerância? Não terá paz no destino e sequer na jornada.

A paz não é uma aquarela com as cores da tranquilidade. Momentos tranquilos também compõem o quadro maior da paz. Mas a paz é uma escolha muito íntima e séria, que requer comprometimento com a sintonia que você escolheu. São as músicas que você irá ouvir nessa frequência, as pessoas que ouvirá, os pensamentos e desejos, sonhos e ambições que terá nessa estação e a fé que nos momentos de luz caindo, pilha faltando e barulho externo, lhe assegura que não mudará sua escolha, a sua sintonia de vida.

Se a paz é sobretudo uma decisão e escolha pessoal, imagina como isso reflete no coletivo!

Pequenas e grandes decisões diárias irão lhe permitir permanecer na sintonia da paz. Até mesmo quando ela é roubada. Temos mães e pais que perderam seus filhos, temos sobreviventes de atrocidades inimagináveis militando pela paz em todo o mundo, em todas as línguas, em todos os tons de pele. O melhor da paz, é que ela é possível.

Wesley Sathler é natural de Minas Gerais porém gosta mesmo é de ser chamado de capixaba, pois foi no Espírito Santo que viveu desde cedo e desenvolveu sua brilhante carreira. Formado em comunicação social pela Universidade Federal do Espírito Santo, o jornalista também se aprofundou em estudos bíblicos na *Association of Free Lutheran School* em Minnesota, Estados Unidos.

Ficou conhecido nacionalmente ao apresentar o quadro "A Patroa é um avião", comédia leve que obteve incrível audiência na Rede TV! No Espírito Santo apresentou programas nas afiliadas da TV Record e Record News que levavam seu nome, voltados para o empreendedorismo e viagens. Entregou aos seus telespectadores, até o presente momento, cerca de 60 programas internacionais que podem ser conferidos em seu canal no Youtube.

No jornal A Gazeta (associada ao grupo Globo), assinou a coluna social de maior prestígio local durante cinco anos. Organizador de eventos empresariais e sociais, voltados para *networking*, é o idealizador e proprietário das marcas Inverno Vip e Verão Vip, que transformaram regiões com forte impacto no turismo local e continuam a acontecer anualmente desde 1999. Apaixonado por literatura, o jornalista se especializou em reinterpretar fatos que presenciou ou lhe foram relatados e até mesmo passagens bíblicas em seus romances.

Possui sete livros editados. Na direção geral da TV Ambiental, mostrou todo seu conhecimento ousadia em gestão de veículos de comunicação, transformando o *modus operandi* ao introduzir o uso de aparelhos celulares na produção de notícias para a tv, o que lhe deixou conhecido por ter conseguido, em difíceis tempos de pandemia, gerar conteúdo sem grandes mobilizações e custo. Wesley se prepara para o lançamento de seu oitavo romance.

CAPÍTULO 3

O AMOR E A COMPAIXÃO COMO UM CAMINHO PARA A PAZ

Ilustração: <LOPEZ, Ronaldo>

Por Janice Mansur

QUANDO NÃO POSSO EXPRESSAR O QUE SINTO

quilo que eu experimento
e traz leveza ao coração:
Isso é paz.

Quando olho a beleza do mar
de uma árvore balançando ao vento

de um pássaro a voar,
consigo sentir que algo se transforma por dentro.

E nesse ato de transformação
que acontece espontaneamente,
se esvai de mim o que chamamos mente
e fica somente acesa a chama do meu coração
Quando não posso expressar o que sinto
—porque as palavras não conseguem
abarcar um sentimento —,
inevitavelmente me deparo
com o que em mim se desfaz.

E o tempo,
ajudante na elaboração do ser eterno,
me faz entender com calma
o encantamento da palavra paz
e me faz encontrá-la em segredo
no fundo
bem dentro.

O AMOR E A COMPAIXÃO COMO UM CAMINHO PARA A PAZ

"Peace is not an absence of war, it is a virtue, a
state of mind,
a disposition for benevolence,
confidence, justice."
(John Keegan, A History of Warfare)

emática sempre atual, a guerra é palco de inúmeras discussões, assertivas ou não, mas sempre acaloradas, a respeito do destino da humanidade. Ainda que este texto se pretenda a uma apologia à paz, é impossível falar dela sem se referir a seu oposto. As dicotomias bem e mal, amor e ódio, guerra e paz perpassam gerações. Desde sempre os pares opostos e complementares são condições da nossa existência nos estágios de desenvolvimento em que nos encontramos.

Muitas são as questões envolvidas nessa reflexão, desde o contexto psicológico da espécie humana ao econômico, sociopolítico e cultural. Diversos foram os autores que se debruçaram sobre esse tema com maior ou menor grau de relevância. Segundo Edward McNall Burns, escritor da *História da Civilização Ocidental*, a Organização das Nações Unidas (ONU), criada em 1945, teria falhado na sua responsabilidade primária de manutenção da paz e da segurança internacionais — haja vista a atual guerra instalada na Ucrânia em que até agora nada de definitivo foi feito para sua finalização, acrescento eu. E concordo com ele, em parte, mas não tenho conhecimento político o suficiente para argumentar mais fortemente sobre. A "Agenda para a Paz" que traria novos domínios de intervenção para a "manutenção da paz", parece não estar sendo tão bem conduzida, de fato. Entendo o quanto é difícil para governantes vivendo situações de conflito decidirem sobre qual atitude tomar, mas sei também o quanto a população imersa nesse caldeirão de horrores está sofrendo.

Penso que uma das discussões mais interessantes sobre este assunto se deu entre Freud e Einstein em sua troca de correspondências, datada de 1932, numa iniciativa da Comissão Permanente de Letras e Artes, da Liga das Nações (órgão que viria a ser substituído pela Organização das Nações unidas — ONU, em 1945). O tema em debate era se existia alguma maneira de libertar a Humanidade da ameaça de guerra. Apesar de terem pontos de vistas diversos sobre essa questão, a ideia era de que chegassem talvez a um consenso que contemplasse uma concórdia entre ambos, algo complexo até mesmo para duas inteligências daquele porte. Einsten, logo em sua primeira carta, já perguntava se haveria um modo de não se fazer guerra, e, depois, complementava seu questionamento sugerindo a possibilidade de que, talvez, pudesse ser instituído por meio de um acordo internacional, um órgão legislativo e judiciário, que pudesse arbitrar conflitos surgidos nesse âmbito.

Entretanto, apesar de uma discussão profícua —, o leitor pode encontrar algumas cartas no site da Unesco, em espanhol, e lê-las na integra —, meu fio condutor não seguirá no sentido de uma discussão política, mas se pautará na reflexão de como nós, reles mortais, podemos atuar, fazendo valer nossa voz, a fim de trazer alguma luz sobre esse assunto. Se fôssemos tecer uma crítica política, ela seria desarrazoada por falta de argumentos mais específicos, portanto caminhamos com Freud no sentido de ter razão quando respondia a Einstein que algumas verdades eram "difíceis de engolir", principalmente, e desmentindo Rousseau — se pudermos trazê-lo aqui — de que o homem não nasceu de todo bom, mas teria "impulsos violentos". Por vezes parece até que o ser humano só acredita mesmo que se pode chegar à "paz" fazendo guerra.

Do Micro Para o Macro

Não discordamos totalmente de Rousseau, mas a perspectiva de uma "fraternidade coletiva", parece, a mim, algo um tanto idealizado. Concordo que deveríamos buscar uma unanimidade no que tange à união de pessoas com os mesmos objetivos, mas entendo ser relevante compreender que as mentalidades divergem de muitas formas, e, talvez, isso fosse humanamente impossível.

Estando à vontade para falar do que sabia, pois Einstein indicava que gostaria de obter explicações psicologicamente eficazes e não otimistas, Freud disse a Einstein que "no aspecto psicológico, dois dos fenômenos mais importantes da cultura são, em primeiro lugar, um fortalecimento do intelecto, que tende a dominar nossa vida instintiva, e, em segundo lugar, uma introversão do impulso agressivo, com todos os seus consequentes benefícios e riscos." Mas como pode se dar a introversão do impulso agressivo, já que ele é impulso e como tal se encontraria no campo da pulsão (das emoções, dos afetos)? Será que a cultura daria conta de mover intelectualmente o homem na direção de uma conscientização, já que a maioria absoluta de nossos atos têm base no inconsciente?

É preciso pensar. E interessante ainda perceber que nos momentos mais críticos para a raça humana, como o atual em que pairam esses sentimentos bélicos e de oposições no ar, é que se torna ainda mais necessário falar de paz.

Freud acreditava que o homem trazia dentro de si um sentimento de ódio e desejo de destruição, que opera de várias formas e em diversas circunstâncias, gerando assim as guerras civis, a intolerância religiosa e ao que é diferente do que se conhece ou se aceita. Haja vista a intolerância sobre o desejo do outro, que temos presenciado no Brasil, desde as eleições de 2018 às de agora 2022. Porém, tendo assegurado a Freud que poderia se expressar, Einstein deixou o livre para manifestar que um possível caminho para evitar a guerra passaria por manter internalizada a tal energia destrutiva e dar espaço ao impulso associado a Eros.

Portanto, Freud concluiu com ambivalência e muito ceticismo, em relação à eliminação dos instintos violentos e da guerra, tendo observado "que não há chance de que possamos suprimir as tendências agressivas da humanidade", apesar de termos certa disposição psíquica que nos impulsiona para o desenvolvimento da cultura, o que poderia ajudar. A arte, por exemplo, seria algo nesse sentido. O fato é que talvez ele tenha razão. Mas então qual poderia ser a saída para se evitar tamanha brutalidade nos homens, e entre eles, a ponto de estarmos sempre na eminência de conflitos e ódios, geradores de guerras até mesmo entre nações?

Tanto Freud como Einstein concordaram, no decorrer do diálogo, que é preciso um órgão "regulador" de ímpetos. Porém, será que a força da lei traria mudanças internas a ponto de não haver mais perigos? Penso que **não se possa** pôr fim ao instinto bélico com medidas de coerção, de fora para dentro, nem com a instauração de um poder superior com funções de regulação e mitigação dos conflitos resultantes das diferenças irredutíveis entre povos e indivíduos. Penso, e só penso, que uma das respostas possíveis, se quisermos usar as palavras freudianas, como "introversão do impulso agressivo" para transformar o modo de pensar e agir humanos, isso só pode se dar por meio da conscientização para o aprendizado do respeito e do amor, aqui em consonância àquele Eros. Talvez, se Freud tivesse tido mais tempo, chegasse a conclusões semelhantes ao crédulo Einstein que disse estar convencido de que aquele seria "capaz de sugerir métodos educativos" para alcançar uma possível transformação dos homens no que diz respeito a esses impulsos.

Como educadora e professora que sempre fui, antes de psicanalista, acredito na força de uma ação socioeducativa voltada para o Amor e a compaixão, que também podem ser aprendidos, a fim de que se possa capitular individualmente para esse tipo de mentalidade. A partir da subjetividade de cada um, poderíamos, talvez, ir ao encontro da coletividade, da sociedade, pois a transformação só acontece de dentro para fora. A possibilidade de se tornar consciente por meio de práticas psicoterapeutas, já que somos seres ainda movidos pelo "inconsciente", poderia ajudar. A prática educacional não só em casa, mas também nas escolas, sairia do espaço de formadora de indivíduos para o mercado de trabalho, para atingir o ser, a pessoa, na formação de seu caráter, com uma **ética que incluiria o outro**, e de suas emoções mais humanizadas. O processo educacional seria de maior acolhimento e menor sofrimento, para a subjetividade da pessoa vir à tona integrada, e ela ser capaz de vislumbrar uma calmaria e segurança internas, propiciadoras de conforto e paz.

Mas Afinal Como Trazer à Baila a Paz?

A paz provém de um coração abrandado e flexível, liberto de coerções e compassivo. A paz provém da adoção de um estilo de vida que não acate a violência em qualquer de suas manifestações. Não sou budista, mas creio que a espiritualidade, sem qualquer rótulo ou nome, é o que deve nortear nossa busca pela paz. Precisamos não vivenciar a hipocrisia dos que se consideram com qualquer forma de Deus no coração, mas que carregam nos lábios críticas e vingança, ódio e desdém, mas considerar a sinceridade dos que praticam o verdadeiro "religamento" consigo próprio e com o outro, a começar pelo próximo que está ao nosso lado, na família, em casa, e no trabalho.

Segundo algumas filosofias, não são relevantes as condições externas, porque a paz surge como um resultado direto de tudo o que ocorreu no passado, não somente as ações que realizamos ontem e hoje, mas também aquelas que atuaram sobre nós. Psiquicamente falando, a paz pode surgir também da elaboração de nossa capacidade afetivo-emocional, de maturidade para lidar com nossas frustrações, do que nos mobiliza internamente, de nossa necessidade de mudar as coisas que podem ser mudadas, em nós, e consequentemente no mundo, e do reconhecimento do curso da História e do que não pode ser mudado. Para a psicanálise, como nosso inconsciente não faz a separação entre passado, presente e futuro, ele está o tempo todo vivendo no único momento possível: o instante presente. E é nesse instante que podemos estar integrados para sentir finalmente a paz em nós, que é um desapegar-se dos conceitos e preconceitos, dos pensamentos de que sou esse corpo ou esse nome, ou tenho essa ou aquela nacionalidade. Sem separação não há conflito, só havendo o momento presente onde Sou, e a paz habita ali.

Se em algum momento estamos em paz, nos sentimos em paz, deve-se crer que isso se dá pela descoberta de que, se há uma "batalha boa" de se travar, essa é com nosso maior "inimigo", nós mesmos, e pelas ações compassivas que realizamos anteriormente e continuamos a realizar com persistência. Ser compassivo é ter a compaixão como modo de funcionamento. Ver o outro como um ser que passa por sofrimentos diferentes, mas muito próximos dos nossos, não só por nossa condição biológica, como também psíquica, que inclui o aspecto emocional, social, cultural e político. Isso ajuda a gerar um sentimento de identificação e consequentemente solidariedade. Entender que somos humanos e imperfeitos nos ajuda a perceber a falha como uma preparação para um "falhar menos", repetir menos essas falhas, e compreender que todos estamos num caminho semelhante em termos psíquicos e na escala evolutiva, que se dá paulatinamente.

Entender que todos falhamos, sem exceção, é importante. Portanto, a compaixão e o não julgamento são imperativos para se viver em paz.

Esmorecer é natural para todo ser humano, mas dando as mãos ao que há de mais divino em nós, podemos conquistar forças extras para seguir sem tantos conflitos.

Janice Brito Mansur é autora, escritora e psicanalista. É pós-graduada pela Universidade Federal Fluminense (UFF). Premiada pela Academia Niteroiense de Letras, no Brasil, e pelo Top of Mind, em Londres, por coletâneas, livros de poesias e contos, lançou na Espacio Gallery, nesta cidade, em 2022, seu Contos de Bastidores. É contista e articulista do Jornal Notícias em Português UK e do site Cultura e Negócios. Além disso, produz conteúdo para seu canal do YouTube (Better&Happier) e para seu Instagram (@janice_mansur), onde divulga sua escrita e o trabalho como psicanalista, tratando de temas como inclusão (autismo), educação, cultura, arte e psicanálise, com humor e comprometimento.

Janice Mansur é **escritora,** poeta, professora, revisora de tradução, criadora de conteúdo e **psicanalista** (atendendo online). Contemplada no *Tof of Mind Awards Internacional* UK 2022, na categoria Escritora Destaque .

CAPÍTULO 4

A PAZ E A ALMA UNIVERSAL

Ilustração: <LOPEZ, Ronaldo>

Por Kwenda Lima

A PAZ E A ALMA UNIVERSAL

 busca pela Paz tem sido um anseio constante da humanidade ao longo da história, mas, muitas vezes, parece elusiva e difícil de alcançar. É um conceito que transcende a mera ausência de conflito.

Para mim, paz é uma vibração cultivada a partir das nossas ações, resultando do equilíbrio entre as três dimensões do corpo com a **Matriz de Alma Universal**. Nesse lugar, nada ameaça a verdade, porque nada que não seja verdade realmente existe. Duas das ferramentas que me foram atribuídas e que cuidam ou preparam os corpos para respirarem e transpirarem paz no mundo, foram a dança e o movimento, através dos quais lhes é permitida uma consciência da verdade, que é a **Matriz da Alma Universal**. A paz mundial é um dos caminhos a percorrer, mas ela precisa de uma boa terra para ser e ficar. Portanto, é necessário preparar a terra através do perdão e da gratidão. É aqui que nasce a paz.

Recordo a etimologia da palavra "Paz". O termo grego *"eiréné"* deriva do verbo *"eiro"* que significa entrançar, ligar os diversos fios. Logo aqui percebemos a ideia da união, da harmonia, do todo. Harmonizando o perdão através do elemento fogo e a gratidão através do elemento água, relativamente às dimensões da mente, da emoção e do espírito, o corpo físico, ou seja, a Terra, fica preparada para a fecundação. Mas, é preciso unir essas duas frequências (fogo e agua) com o elemento ar, para que haja reconhecimento. Havendo reconhecimento da união, estaremos a vibrar com fé, e esta não escuta aquilo que a verdade nunca disse, tornando o propósito íntegro.

Assim se abre o canal com a fé, assim a cura acontece abrindo portas à maravilhosa forma autêntica de estar na vida. Assim começamos a respirar a paz, deixando o domínio do verbo para entrar no domínio do criador. O nosso perdão e gratidão são meios pelos quais a luz do mundo, do universo, encontra a sua expressão. O canal somos nós, cada um de nós. Só assim se processa a cura no mundo. Somos seres de luz. Não podemos permitir que as feridas, as mágoas ofusquem esse brilho, essa luz que mora em cada um de nós.

A Paz Tem de Ser Parida

SEMENTES DE PAZ

O período da gestação tem de ser bem cultivado e trazido ao mundo, porque a paz pertence à vida, não a nós. A nós cabe a responsabilidade de potenciar a paz. Depois seremos seus herdeiros. É necessário cultivar a arte de harmonizar, de unir. Não é um processo estanque, mas contínuo. Requer o engajamento de todos, em cada palavra, em cada ação de bondade, de compreensão e de respeito, em nome de um mundo mais pacífico e belo. É uma espécie de pacto social. Mas, antes disso, um pacto individual, de dentro para fora. É conquistar maturidade nas três dimensões (mental, emocional e espiritual), permitindo que fluam em harmonia, para que qualquer decisão possa ter coerência energética e essa vibração autêntica possa representar a peça do *puzzle* que faltava, de forma a continuar a função deste maravilhoso organismo vivo – a **Mãe Terra**.

Juntos e conscientes somos mais luz. É importante não esqueceres a tua função para continuares a lembrar o teu ser, nesta deliberada construção humana. Se assim for, a paz manter-se-á viva e bem nutrida.

Haja coragem para ativar a paz em cada um de nós e manifestá-la através do nosso corpo como um todo, em cada ação, em cada dia.

Kwenda Lima nasceu em Cabo Verde, em 1977, onde viveu até aos 18 anos. É doutor em Engenharia Aeroespacial, mas dedicou-se à engenharia interna do ser humano. Criou o conceito *Inner Kaizen Humanology*, que descreve como um modo de vida que leva as pessoas a cultivar o seu eu interior percebendo que são suficientes. Manifestar a vida de dentro para fora é uma prioridade.

E é deste lugar que partilha e ou sugere uma nova forma de receber, integrar, cuidar e manifestar as sementes que vai recebendo ao longo da vida com aqueles que o seguem e se sentem atraídos por esta vibração. Procura, através das suas ações e cuidando de si, contribuir para que esta entidade, este organismo vivo conhecido como a Mãe Terra ou Gaia, continue a ser um lar abundante para todos nós, espécies que a coabitam. A sua oração é simplesmente ser grato e estar vigilante para que as suas ações possam trazer inspiração, alegria, doçura e liberdade através de tudo que pensa, diz e faz.

CAPÍTULO 5

FLUIDEZ DOS MOVIMENTOS DO SAMBA: AUTOCONHECIMENTO E PAZ

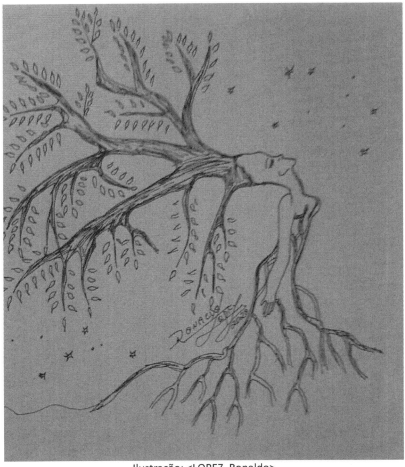

Ilustração: <LOPEZ, Ronaldo>

Por Rodrigo Corrêa

FLUIDEZ DOS MOVIMENTOS DO SAMBA: AUTOCONHECIMENTO E PAZ

 que é paz para mim? É o equilíbrio, o autoconhecimento, o entendimento dos porquês de ser como sou. É um sentimento individual, tão interno que se define e se comunica de forma diferente com o mundo, cada um de nós tem a sua própria maneira de a atingir e se relacionar com ela.

Por muito anos, a minha paz me tocava quando existia barulho e companhia. Reconhecia estar bem com meu povo do samba, dando aula de samba, desfilando no sambódromo. O ritmo me tocava de maneira tão profunda, que não existiam mais dores da alma nem mágoas existenciais quando me rodeava de amigos, comida, batuque e muita gargalhada. Quando a ginga do morro, o *ziriguidum* dos tamborins e as cores das penas entravam em cena, nada mais importava! Assim, eu fazia as pazes com minhas sombras, culpas, frustrações, crenças limitantes, *bullyings* de racismo ou homofobia, desentendimentos com a logística de uma família em constante crise.

A arte me salvou, o carnaval me impulsionou e o samba me acolheu, assim, eu me via sentindo em paz.

Até a vida me levar para mais novas formas de arte, músicas, cenários, histórias, representatividades e formas. Ao me apaixonar pelas infinitas formas de expressão que a arte (as artes!) nos provocam, percebi que é sutil e lúdico o modo de manipular o encontro com a paz. A paz não vem, somos nós que vamos até ela, construímos e fazemos a manutenção dela. A paz nos habita, nos preenche, sempre esteve ali ou aqui, mas somente nos damos conta quando conectamos com a nossa essência, quando a reconhecemos. E ai, *bilu*, entra o autoconhecimento. O autoconhecimento sendo a chave da porteira que nos separa da nossa própria essência, da nossa paz.

Diante das técnicas acadêmicas e clínicas, bem como as alternativas e holísticas, passando pelas exotéricas, artísticas e espiritualistas, temos uma vasta opção de terapias que nos facilitam no entendimento de como realmente operamos, de quem de fato somos e qual o propósito de nossa passagem por aqui. O que faz o nosso coração pulsar forte, nossos olhos brilharem e nossa aura se expandir. Nesse processo terapêutico ao autoconhecimento, temos períodos chuvosos que nos provocam mudanças e avanço na jornada, e, nos dias ensolarados, recebemos o certificado de honra ao mérito por mais uma etapa alcançada.

A paz oscila como a fonte energética de que somos formados. Nada sendo estático, tudo sendo fluido.

Rodrigo Melo Quilelli Corrêa , Carioca e sambista. Quando residente no Rio de Janeiro, atuou em diversas escolas de samba e ensinou a linda arte em academias, bem como danças fitness. É idealizador do projeto "Dançando pelos cartões postais do Rio". Residente em Londres desde 2002, atua como dançarino e produtor cultural, em diversos projetos. É também participante da *Escola de Samba Paraíso*, onde realiza performances e aulas de samba por todo país, ministrando worshops em *comunity centres* com artesanato em feitura de fantasias ou ensino de 'samba no pé'.

Atuou também com a London School of Samba e Brighton School of Samba e apoio ao grupo *paracarnival*, com a população portadora de necessidades especiais. É Idealizador da *"Oficina de Dança do Tio Rô "*, durante o período de lockdown pandêmico.

Como produtor de eventos, realizou diversos encontros de discussão sobre a cultura brasileira, bem como produziu eventos juntos à empresa *Ebanouk*.

Colaborou como professor com o maior evento de samba de raiz de Londres, *SOS Salve o Samba.* Atualmente, atua produzindo lives no instagram e youtube, exaltando e divulgando a cultura do samba junto *à Associação Cultural e Educacional do Samba* (@sambadebambauk), com quem também produz e ensina o ritmo contagiante nos eventos presenciais dessa roda de samba em Londres.

Produz, ainda, *lives* de discussão e divulgação do Empreendedorismo e Arte para brasileiros em Londres. Também lidera, há 18 meses, a série *#chadas5dotioRo*, na qual já passaram cerca de 400 personagens da comunidade brasileira na capital inglesa, Europa e Brasil.

Também contribui como terapeuta motivacional junto às técnicas terapêuticas holísticas, como Reiki, Cromoterapia, Meditações e Aromaterapia. Eleito conselheiro da *Mesa de Cultura do Centro de cidadania do Reino Unido* (CCRU), atuou diretamente com apoio e fomentação de iniciativas culturais da comunidade brasileira no Reino Unido. É colunista dos portais *Samba de Bamba* (UK), *em diversos portais e revistas* e criador da Agenda Cultural da Radio *Mais Brazil* (UK). Hoje, atua como CEO do seu maior projeto, o Centro Cultural Brasileiro em Londres (CCBL).

CAPÍTULO 6
AS ÁGUAS CORRENTES DA PAZ

Ilustração: <LOPEZ, Ronaldo>

Por Cunhã Porã

AS ÁGUAS CORRENTES DA PAZ

E u adoro tomar banho de cachoeira, de sentir a água corrente forte sobre o meu corpo. Faço isso constantemente, sinto como uma necessidade básica devido às minhas raízes. Da mesma forma que a maioria das pessoas tomam uma ducha ou um banho em suas rotinas, eu vou para a cachoeira mais próxima de minha casa, hoje, em Goiás. É um pequeno vilarejo, município de Caldas Novas, lugar conhecido mundialmente pelas águas térmicas naturais.

É claro que fui atraída por tantos mistérios, pela variedade de plantas do cerrado e, principalmente pelas cachoeiras! Eu sou Dra. Raízes, mais conhecida na região, em linguagem popular, como "raizeira", o que muito me orgulha. Gosto de descobrir o poder de cura de cada planta, de cada raiz. Acredito no poder divino, que nos une em propósitos maiores. Nosso Tupã (ou o seu Deus) tem conexão comigo, e eu com ele. Creio que o poder de cura ainda é um mistério, uma bênção à humanidade.

Eu tenho fascínio por este poder. Assim, aprofundo, cada vez mais, em áreas que trazem cura aos povos. Pode ter certeza, nossa cura também está relacionada à forma que nos relacionamos com a biodiversidade, com o nosso respeito ao meio ambiente. Acredito que existe uma força maior que age em nosso favor. Precisamos ser mais gratos a tudo o que nos é dado, todos os dias, principalmente o ar que respiramos, a água que bebemos, a natureza que nos completa! Somos parte de um todo! E devemos também cuidar disso!

Mas também acredito no poder da ciência, revelada ao homem, por isso, tenho buscado outros conhecimentos, além dos indígenas, que são a minha base. Além do mais, tenho a arte como uma forma de expressar minha gratidão a todos, minha mensagem da alma. Assim, também recebo pessoas de toda parte do Brasil para conhecer meu artesanato. Felizmente, tenho a maior loja de artesanatos da região. A maioria deles retrata a natureza, o meio ambiente ou nossas festas místicas.

Quando a coordenadora e criadora deste projeto me convidou a fazer parte dele, e me disse o tema, fiquei muito comovida. Há exatamente um ano, meu cacique teve uma linda revelação sobre mim, durante as preces (eu vou para comunidade em São Paulo, Vanuri- Arco Íris, com frequência).

Na ocasião, ele dizia que, de alguma forma, muito em breve, minha voz teria mais alcance, seria mais ouvida. Que alguém, de muito longe, iria me dar uma oportunidade de falar sobre o que acredito. Parecia impossível, mas eu sou uma mulher de fé! Minha vida é uma soma de fé, ação e gratidão!

E aqui estou eu, colocando minha voz no mundo! Aqui estou eu, onde, com respeito às minhas raízes e à minha identidade cultural, posso me expressar sobre um assunto tão relevante: a paz! Eu não consigo expresar sobre paz sem mencionar o respeito e a preservação ao nosso meio ambiente. Sei que o assunto tem sido muito debatido, mas não está saturado, muito menos resolvido. Sou ativista, faço minha parte, conscientizando o maior número de pessoas possível. Talvez você não precise de banhos de cachoeira, como eu. Mas, com certeza, precisa de água. Todas as vezes que me conecto com a natureza em meus banhos, eu elevo minhas mãos e peço para que essas águas correntes levem uma mensagem a todos, ao redor do mundo: VAMOS CUIDAR de nosso planeta! Vamos inundar o mundo como uma cachoeira, com águas de responsabilidade e esperança!

Por favor, deem mais ouvidos à nossa voz, dos povos originários. Nós temos preservado nossa sabedoria ancestral e é por meio dela que lutamos, que gritamos: NOSSO MEIO AMBIENTE PEDE SOCORRO!

Cunhã Porã pertence à Comunidade Vanuri- Arco Iris-São Paulo, porém hoje reside em Goiás, nas proximidades de Caldas Novas, onde tem a maior loja de artesanatos da região.

Com todo o seu conhecimento e paixão pelas raízes, plantas e seu poder de cura, tornou-se Dra. Raízes (médica graduada na Medicina Indígena). Porém, além deste valiosíssimo conhecimento, foi em busca de outros estudos que possam acrescentar e contribuir com sua comunidade e com a sociedade de um modo geral. Assim, estuda Biomedicina.

É uma grande ativista e defensora do meio ambiente, estuda Engenharia Ambiental, inclusive, com o propósito de obter mais voz sobre tão nobre causa. Entre os seus projetos, está levar luz solar para as aldeias das comunidades indígenas no Brasil

É Membra do Conselho Nacional do Povos Originários do Brasil; Terapeuta Holística Internacional; Ozônio Terapeuta; Engenheira Ambiental em formação; Biomédica em formação, Artista Plástica e Artesã.

Cunhã Porã acredita que cuidar do meio ambiente é uma forma de promover a paz.

CAPÍTULO 7

A ARTE SUSTENTÁVEL COMO INSTRUMENTO DE PAZ

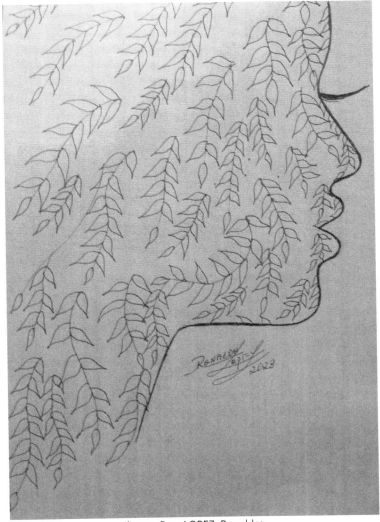

Ilustração: <LOPEZ, Ronaldo>

Por Solange Castro

A ARTE SUSTENTÁVEL COMO INSTRUMENTO DE PAZ

Arte Terapia a partir do reciclável visa transformar lixo em arte. E, partindo do processo artístico, revisitar a historicidade e tratar das sujeiras da alma; tendo em vista que, assim como o lixo sufoca e mata a natureza, o mesmo acontece com os lixos da alma, que adoecem corpo e mente.

A recuperação de sentido e saúde, está no movimento de reconhecer a natureza como parte integrante do eu, promovendo autoconhecimento, propósito e plenitude.

Uma Metodologia de Sobrevivência

Esta metodologia surge da necessidade de tornar minha experiência com o termo lixo numa ferramenta a ser compartilhada, visto que tudo que sou hoje e tudo que almejo conquistar, devo ao reciclável!

Cresci em uma família muito humilde e batalhadora, porém carregada de crenças e préjuízos herdados e passados de geração em geração, entre elas: a de que meninos são preparados para o trabalho e meninas para o casamento, "escola é para ricos", casamento é para sempre.

Desde que aprendi a ler, me apaixonei pelos livros. A biblioteca era meu refúgio, meu lugar preferido, a escrita veio da necessidade de falar o que eu não podia dizer. Aos doze anos de idade, fui assedia por um pedófilo da família. Como acontece com a maioria das crianças, não contei a ninguém, mas minha alma pedia socorro, então encontrei nas metáforas uma forma de libertar minha alma, denunciar e me manter segura ao mesmo tempo, mas não perdurou muito. Com apenas 20 anos de idade, já havia conhecido a violência física, sexual e psicológica.

As agressões desenvolveram um sentimento de repugnação, um corpo violado, sujo, descartável, ignorado por todos, como os lixos jogados na natureza, sem nenhum cuidado.

Os fatos mencionados e as crenças limitantes herdadas, mantiveram-me presa a esta situação por anos, até que uma crise financeira me revelou que o lixo, com o qual eu me identificava tanto, era o caminho para resgatar o meu eu autêntico, limpar minha alma, me trazer autoconhecimento e mostrar meu propósito.

Sempre acreditei no poder divino, e foi em um momento de súplica que Deus me mostrou o lixo, e não falo de forma metafórica, eu abri os olhos e vi o que os vizinhos haviam jogado.

Meu único investimento foi um tubo de cola branca, e muita criatividade. Comecei a fazer embalagens personalizadas para meus doces, cestas de café da manhã. Tudo que eu pegava, transformava em algo vendável. O "descartável" ativou minha mente, recuperou minha auto-estima, resgatou a menina que sonhava estudar.

Uma Nova História

Terminei o ensino médio, e, ainda descrente, prestei o vestibular. Fui surpreendida, bem como surpreendi a muitos, ao conquistar cinco bolsas de estudos 100% gratuitas para o curso de Filosofia. A pessoa que acreditava valer menos que o lixo, agora escolhia em que universidade estudar. Decidi ir para São Camilo por ter o curso enfatizado no Humanismo e Existencialismo.

Desde que os recicláveis me mostraram o meu valor, nunca mais parei de estudar a relação entre arte, psique e meio ambiente. Acredito que a plenitude do meu ser está no resgate do eu, na contemplação do belo, da natureza que ensina a gratidão pela vida, que nos mostra que assim como ela, a vida é feita de ciclos.

O Respeito aos Ciclos Naturais da Vida

Aprendi que é necessário ressignificar concei-tos, libertar-se de crenças, transformar dor em superação. Entendi a necessidade de aceitar que não estamos livres **de**, mas somos livres **para**.

Não estamos livres dos incidentes da vida, mas para decidir o que fazer com os aconteci-mentos. Parafraseando Ortega Y Gasset, "hoje eu sou eu em minha situação, se não mudo a ela não mudo a mim."

A arte da vida está na compreensão do mundo e de nós mesmos, a partir da observação do movimento natural da criação. Enxergar a beleza ou dureza da alma e do mundo que se desvela na contemplação, na transcendência de si.

Compreender que o "eu", embora seja um uni-verso complexo, único e particular, é parte de um todo que se relaciona com outros universos complexos, particulares e únicos, e que a pleni-tude da vida se dá nesta interseção.

O Poder da Contemplação

A contemplação fortalece a característica natu-ral do ser humano de sentir, criar, agir. O pensa-mento se revela na contemplação e o sentido da vida se descortina no palco das sensações e da sensibilidade que nos torna humanos.

Quando contemplamos uma obra literária, saímos de nós mesmos e transcendemos para o mundo do outro, participamos do mundo compartilhado pelo autor. A arte nos permite sair do nosso "eu", e participar do "nós". Uma lágrima ou um sorriso espontâneo, provocados ao observar um quadro na parede, um belo canto aos ouvidos nos arrepia o corpo. E o teatro? Ah o teatro! Somos capazes de defender ou condenar um personagem, tamanha nossa interação. E o que dizer do cinema, que nos leva do riso descontrolado a rios de lágrimas?

Arte, a Linguagem da Alma

A arte é a linguagem da alma, uma necessidade humana de expressar o que as outras formas de dizer não dão conta, mas que precisa ser compartilhado. Afinal, os sentimentos desenvolvem respeito, auto reconhecimento, e do outro. Também, da necessidade que temos de nos manter conectados às interseções da vida. A contemplação da arte amplia a sensibilidade, o afeto, aguça o olhar observador e curioso ao mundo, que se revela o tempo todo.

Os gregos, 600 a.C, ao contemplarem a natureza, desenvolveram a Astronomia, a teoria dos quatro elementos: água, terra, ar e fogo, bem como a Geometria, a Matemática, a Ciência. É fabuloso imaginar Tales de Mileto e Pitágoras contemplando a natureza, concluindo que em tudo há formas e medidas que se encaixam perfeitamente no quebra-cabeças do Universo. E partindo desta consciência, criar a Geometria que nada mais é que uma representação do mundo! Fantástico, pensar em Tales de Mileto a criar a **Astronomia** simplesmente olhando para o céu.

A Cosmologia da Natureza

Hoje, parece ridículo falar da cosmologia da natureza porque enxergamos as formas geo-métricas, mas, não vemos a natureza. Temos consciência dos cálculos e astros, mas, não olhamos para o céu e muito menos procuramos ver estrelas. Hoje, num mundo em que o **ter** vale mais que o **ser**, parece um desperdício de tempo contemplar a vida e aprender com a natu-reza; afinal, já temos a ciência e a tecnologia.

A Arte é o bálsamo que nos toca a alma e nos resgata a vida em tempos difíceis, nos quais o fato de se ser autêntico gera opressão. Pouco a pouco, estamos sendo sucumbidos pelo **ter**, e quanto mais temos, mais nos distanciamos de nós mesmo. Alguns já se tornaram "coisas", en-tre todas as coisas.

Onde Foi Que Nos Perdemos?

O simples, o belo, a contemplação foram perdendo espaço para o poder do **ter**. Contaminada pelo vírus do valor das coisas, a sociedade adoece e se perde mais e mais. Em meio a tantas coisas, como seres coisificados que nos tornamos, nos perdemos uns dos outros. Enfermos e febris, não nos damos conta de que criamos uma divisão entre "nós e eles", duas categorias de coisas vestidas de humanidade que confundem a sociedade. Enfermos e febris, não percebemos que o valor da vida parece estar no bolso, e o sujeito reconhecido em uma escala de pirâmide está no topo e os demais representam uma mercadoria descartável. Nesta relação coisificada, a falta de empatia reina, pois todos querem ser coisas de valor e fazer parte do "**nós**". A necessidade e a pressa para chegar no topo, nos coloca uns contra os outros. Assim, a paz se distancia.

Sem a identidade de **Ser** do mundo, vazios como todas as coisas nele, a jornada perde sentido, sozinhos e confusos, sem interseção com a vida, a visão fica prejudicada, impossibilitando a clareza do caminho de volta. Assim, prosseguimos mergulhados na melancolia ou em uma luta agressiva, em busca de sentido que as coisas não dão. Nesse propósito, **a Arte com a sutileza da alma, é a linguagem que resgata no intervalo de uma distração**. De repente, uma música nos afeta, uma frase nos desperta, uma pintura na parede nos faz diminuir o passo apressado. E, no caminho da rotina, passamos a ver coisas que não víamos: as árvores dançando ao vento, as flores colorindo o canteiro, aquele banco onde o senhor de chapéu dá migalhas aos pombos, aquela escada com um grupo de jovens tocando violão. E, no parque, muito riso, crianças brincando e transbordando o amor do coração; A interseção com o mundo foi restabelecida, a contemplação da vida humaniza e a plenitude sela a paz.

AGORA ESTOU EM PAZ:
O CUMPRIMENTO DE UMA PROMESSA

Ilustração: <LOPEZ, Ronaldo>

Por Solange Castro

az, uma condição social, um estado do espírito, uma necessidade. Palavra tão pequena e tão complexa que se torna difícil defini-la. Às vezes, acho que é um estado de plenitude que liga corpo e alma; noutras, uma condição, um estado de manifestação, uma face que se mostra em um determinado contexto.

Penso que a paz é uma busca, um exercício, ou, pelo menos neste momento, é esta uma das faces dela que se apresenta a mim, aquela que se encontra na escrita e na necessidade de cumprir o juramento que fiz, há muitos anos.

Cumpri-lo, trará alívio aos meus ombros, paz para minha alma e, assim, me encontrarei em estado de plenitude, o que dará sentido a todo o tempo de espera. Talvez a paz seja encontrar um propósito, e ser capaz de realizá-lo. Ainda nem cumpri minha promessa e ela já se desenha na minha mente, no corpo e na alma. O coração descompassado, respiração ofegante, as mãos não acompanham o pensamento, já faz tanto tempo que não quero mais adiar. Preciso falar, contar, e encontrar o descanso de cumprir o juramento.

Foi em 2006, tempos difíceis. Eu era bolsista e mal tinha dinheiro para o transporte. Nunca saía com a turma, não me socializava fora da universidade. Até que um dia eu estava especialmente feliz por ter dinheiro para tomar um café com mais três amigas do curso. Durante o percurso, avistamos um morador de rua. É com vergonha que admito: ao perceber que ele vinha em nossa direção, imediatamente pensei *"lá se vai meu dinheiro do café"*. De fato, fomos abordadas por aquele homem extremamente sujo, mal cheiroso que nos estendeu aquela mão, a qual não via água e sabão há um bom tempo.

Nós fomos recíprocas e pegamos em sua mão, embora o gesto estivesse sendo feito em meio a pensamentos discriminatórios. Eu já ouvia as vozes da minha cabeça, o discurso do pedinte. Ele, educadamente se apresentou, disse nome, idade e outras informações.

Eu estava tão aprisionada em meus preconceitos, que tive vontade de chorar de pena de mim, quando aquele senhor disse:
— *Eu não quero seu dinheiro, eu já tenho tudo que preciso, já passei no posto de saúde e peguei meus remédios*.

Nos mostrou, tirando do bolso, e continuou:

— *Não estou com fome, pois já ganhei um cachorro-quente, também não estou com sede, um bom senhor me deu uma garrafa de água.*

Continuou conversando e, ao falar com tanta sabedoria, prendeu nossa atenção. Já não sentíamos mais o mal cheiro, estávamos totalmente voltadas para aquele ser humano. Posso me lembrar de tudo que nos contou, pois, quando saímos do mundo fechado em nós, e passamos a interagir com o a realidade dele, estabeleceu-se uma relação de reciprocidade, de fala e escuta. Isso nos tornava iguais, porque, na verdade, somos, apesar de sermos únicos e particulares.

Aquele homem era mineiro e estava morando em São paulo há cinco anos. Vinha de família culta, a maioria professores e diretores de escola. Ele foi advogado, até cair no vício de álcool e drogas. Disse que já havia conseguido abandonar as drogas, mas o alcoolismo ainda o consumia. Ao perceber o mal que fazia à sua família por vê-lo naquela condição, resolveu ir para São Paulo, onde, no anonimato, não envergonharia a ninguém. Confessou não desejar voltar para casa, pois já não se incomodava em viver na rua. Sua família o queria bem e ele havia feito suas escolhas, boas ou ruins. Nos agradeceu pela atenção e disse que a única coisa que o incomodava era a dúvida quanto à sua existência.

Assim, precisava conversar, para se certificar que ele ainda era alguém, que não tinha se tornado uma coisa em meio a tantas outras jogadas na rua. Ele precisava contar sua história, se sentir como a gente. Então, se despediu sorridente, muito educado e grato por termos interagido com ele.

Ainda não sei ao certo qual foi o impacto provocado em minhas amigas. Contudo, quanto a mim, prometi que um dia escreveria sobre esta experiência. *"Talvez meu texto provoque nos leitores tantas reflexões quanto tem me provocado até hoje!"*

Considerei ser esta a oportunidade ideal, uma vez que é uma coletânea sobre *Sementes de Paz.*

Agora me sinto em paz e plena, até ser provocada de novo e de novo, porque a paz, assim como a felicidade, é uma busca constante, uma necessidade que movimenta a rota da vida.

"O humano somente torna-se humano

Por meio do olhar de outro

Ser humano" (Morin)

Solange Alves Costa de Castro é brasileira, filósofa, professora há 20 anos, palestrante, artista plástica, terapeuta holística, escritora e colunista no Reino Unido. É Graduada em Filosofia, com formação em Arte Terapia, Terapias holísticas, Inteligência emocional, PNL e Coaching Humanizado, pós-graduada em Logoterapia Existencialista.

Em São Paulo, ensinou filosofia, história e sociologia . É idealizadora do projeto " *+ Arte – Lixo no Planeta e na Alma*" o qual realizava voluntariamente em escolas, casas de idosos, creches, centros culturais entre outros, com o objetivo de desenvolver consciência e responsabilidade de si e do meio.

Tendo sua própria vida transformada pela arte/ reciclagem, tem se dedicado a pesquisas e formações que abordem a relação da psique com a arte e o meio ambiente. Ciente da necessidade de contribuir na recuperação da Saúde Ambiental, desenvolveu uma metodologia terapêutica fundamentada no tripé psique, arte e ambiente, nomeada de 4R, RESSIGNIFICAR, RECICLAR, RESTAURAR E RECUPERAR, quatro passos para limpar os lixos da alma e do meio a sua volta.

Residente em Londres desde 2019, atua como terapeuta online, presencial em domicílio e comunidades como a

APSC onde desenvolveu atendimento terapêutico e empoderamento feminino a vítimas de violência doméstica no período de pandemia. Tem participado de workshop, networking, exposição de arte em eventos e galerias, é membro do Teapeutasbremuk que visa atender as comunidades de língua portuguesa em UK e fora dele.

Como escritora, busca fomentar reflexões sobre comportamento individual e coletivo, liberdade, responsabilidade, respeito, ação, reação sobre o eu, os outros e o todo. Desenvolvimento sustentável ambiental, psíquico, físico, social, econômico.

Como Terapeuta e artista plástica, acredita que seu maior desafio hoje é expandir seu projeto + arte – Lixo no Planeta e na Alma até que se torne um projeto de cooperativas de economia criativa e sustentável em diversos países.

CAPÍTULO 8

O PEQUENO BONSAI (AUSÊNCIA DE PAZ)

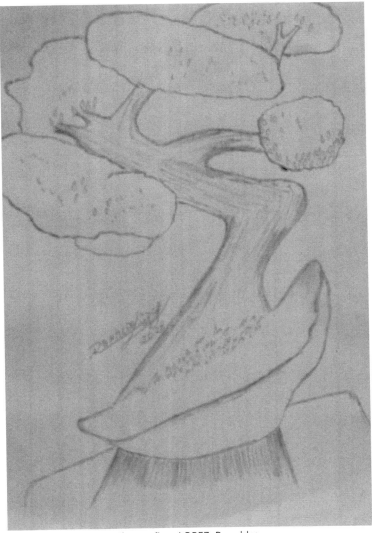

Ilustração: <LOPEZ, Ronaldo>

Por Dissandro Santos

O Pequeno Bonsai (Ausência de Paz)

 u *chorei suas fugas,*
E li seus gestos,
Eu compreendi sua busca,
Ouvi teus sinais,
Reguei de lágrimas meu espírito,
E ele se tornou inquieto,
interpretei seu Bonsai,
Pequeno, delicado, em um
pequeno vaso,
Era para mim teu choro,
Tua luta,
seu colo,
sua pequena família,

Você sabia que o criador era quem os vestia,
mas era você que regava,
tinha uma pequena jabuticaba,
como te encheu de alegria,
era teu mundinho,
era o que precisava,
o pequeno jarro,
que só precisava de pequenos cuidados,
eu li, eu interpretei, porque você era só amor,
só precisava de pequenos gestos,
era só um pequeno vasinho,
uma criança que lutava a regar,
nunca precisou de tempestades,
mas elas estavam lá,
e o que éramos nós,

meros telespectadores de um mundo egoísta,
mesquinho e sem propósito,
sem regador, seco, quebrado, sujo [...]

Perdoa-nos, entretanto, leva a súplica da minha
alma abatida,
pede aí, onde o orvalho mora,
para o grande jardineiro,
nos perdoar de tão grande negligência,
Era só um vasinho, um pequeno Bonsai,
só precisava ser regado,
podia ser até um abraço,
um beijo,
apenas um gesto,
podia ser apenas um like,
um mesquinho like.

Feriu minha alma,
machucou a todos,
quão grande é esta dor,
não há consolo,
Há mais fuga,
Há mais arrependimento,
erramos, errei,
não éramos dignos.
Vi teus gestos,
eram asas,
foi sim um anjo,
era só amor,
altruísta e verdadeiro,
coberta de valores,
seguia a rotina do que acreditava,
amor, família, presença, sol e alegria.
Perdoa as linhas do meu atraso,

você me chamou um dia de pai espiritual,
mas foi você que me converteu[...]

Te amo, te amamos,
nunca mais os mesmos,
em cacos dilacerados,
que eu chore e sofra,
que eu seja tempestade,
que o senhor me perdoe,
que o senhor nos acolha,
que seja dor,
porém, sem jamais esquecer,
da pequena mão que regava o bonsai,
de raizes rasas, seu vasinho,
o teu mundinho,
sua luta pelo amor.
Eu li seus sinais,
estávamos feridos,
está aberto,
estávamos expostos,
o que somos,
o que queremos ser,
só não podia ser você,
mas o criador é sábio,
e nós? Mesquinhos demais,
não a merecíamos.

A mão que regava se evapora,
junto com a água que possuía,
sobe como vapor,
desce como orvalho.
Sem mais palavras[...]
Pois não há cura a dor da nossa perda,
mas expõe nossa nudez,

como somos feios.

Diz aí para o Jardineiro,
perdoar-nos,
tirar nossas escamas,
nossas armaduras,
nossas lanças,
nossas máscaras,
nos deixe voltar ao primeiro amor,
tendo mais sensibilidade,
enxugando nossas lágrimas,
nos trazendo o perdão,
aumentando o tempo,
cultivado neste espaço de tempo,
que rega nossos corações,
expõe nossas emoções,
valorizando nossas lembranças,
cada gesto,
cada voz,
cada súplica,
ajuda-nos superar a dor,
nos enche com seu amor,
obrigado por nos ensinar a ser melhores,
a tua ausência será o nosso merecido espinho na carne,
a lembrança de quem somos,
e tudo que fizemos.
a vergonha,
o ponto de desprezo,
o tamanho da nossa mediocridade,
o nosso divisor de águas,
o tapa na cara,
o choque de realidade,
o machucado ambulante[...]

Não é justo pedir para nós,
dias melhores.
Que sejam assim,
humildes,
ensináveis,
ouvintes,
e sensíveis às batidas de todos corações.
Que todos nós, a guardemos em nossas
recordações,
para sempre,
minha pequena mão que regava o bonsai,
Choremos a inquietude,
brindemos tuas fugas,
viveremos os teus gestos,
e eternamente mergulhados nos teus sinais,
gemendo com teu Espírito e
mergulhados em nossas lágrimas.

O TRILHO (PAZ PLENA)

Ilustração: <LOPEZ, Ronaldo>

Por Dissandro Santos

 s vezes e por tempos
esvazio-me de mim,
dos meus sonhos,
presunções[...]
Deixo o curso do meu rio de
aspirações,
naturalmente desaguar no
vasto mar de ilusões.
Às vezes lanço os anzóis, às
vezes me furo com eles,
às vezes pesco, por vezes perco e peco.
Por vezes recomeço, por vezes tento e também
sou tentado,
por vezes admiro calado.

Às vezes tenho duvidas, às vezes incertezas,
às vezes questiono, por vezes até perco o credo.
Berro no lixo, no aterro, faço cara de enterro,
penso, reergo e não me entrego.
Por vezes minha alma chora,
por vezes meu sorriso cora, às vezes enferruja.
Todavia vêm as nuvens brandas,
a água molhada, às vezes de cara engraçada,
às vezes fazendo paródia, por vezes em
paranoia,
olho pela claraboia.

Por vezes, e sempre, vejo o sol, o cheiro da
chuva,
a terra molhada, a ferida curada,
a flecha atirada, a bala disparada,
a morte desgraçada, a piada mal contada.
Por vezes observo as frases montadas,

as palavras escolhidas, às vezes por causa do
ego inflamado,
do sapato apertado, da pedra, da dor, da
topada.

Às vezes é só a mochila suja e vazia,
o caminho difícil, a escolha fácil,
a solidão exacerbada, o trilho encaixado,
as pessoas à espera,
o trem atrasado, por vezes lotado,
às vezes de pé, por vezes sentado,
às vezes uma xícara de café,
um jornal amassado e dedo no teclado.

Todavia, sempre, sempre e quase sempre,
espirro o mau humor com um bom rapé,
o cansaço com um colírio ungido na Sé,
a tristeza com azeite servido na colher [...]
E meu coração, diga-se, altruísta,
com música, humanidade e Fé.

Dissandro Santos, nascido na Bahia e criado no Espírito Santo, começou sua trajetória profissional graças ao seu olhar aguçado para as nuances do Ser humano. Tornou se um celebrado fotógrafo no mundo da moda, expandindo seus trabalhos para vários países, além do Brasil. Sempre em busca do que está além do campo de visão, ele revela o que há de mais sublime na arte de fotografar, a intenção.

Para se alcançar esse nível de delicadeza e força, é necessário que o homem por trás das lentes seja também um observador mordaz. Dissandro está nessa categoria. De sua ousada capacidade de buscar a verdade ou verdades em um mundo distópico, com distorções da realidade, ele criou o projeto "Back to Black", que disponibiliza fotos artísticas que nos levam para além da imaginação. Fotos nada convencionais que flertam com o surrealismo com extrema elegância, provocando sentimentos mistos de percepção individual de um mundo que pode estar se derretendo em frente aos seus olhos.

O grande artista deixa sempre sua digital. Dissandro despudoradamente entrega muito de si nesta coletânea. O artista deixou o Brasil em busca de envolvimento com outras culturas e logo encontrou, além das fotos, o poder das palavras. O distanciamento técnico de seu país de origem e as aventuras e desventuras encontradas na jornada internacional, produziram para nós um cronista de costumes. Somando aos textos, ele pode ou não, entregar sua obra com apelo fotográfico.

Ele escolhe como vai nos revelar o que precisa ser dito e entendido. Sobretudo em momentos de turbulência política e social, Dissandro tem contribuído com reflexões lúcidas, profundas e com conteúdo transformador. Também como vídeo maker, mostrou recentemente ao Brasil, seu talento na série de TV sobre o interior Inglaterra produzido para a TV Ambiental. Dissandro é marido e esposo dedicado, empresário de sucesso no setor de logística e transportes e, nas estradas da vida, um exímio crítico de nosso cotidiano com suas crônicas, poemas, letras de música, fotos e vídeos. Nunca espere de Dissandro, algo sequer próximo ao óbvio.

CAPÍTULO 9
DIREITO, SEGURANÇA E PAZ INTERIOR

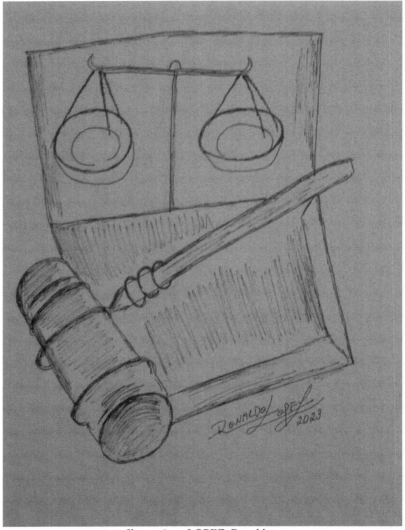

Ilustração: <LOPEZ, Ronaldo>

Por Mila Ferreira

DIREITO, SEGURANÇA E PAZ INTERIOR

segurança e o Direito são fundamentais para a paz. A segurança é um direito humano fundamental e está presente em muitas constituições e tratados internacionais. O Direito, sobretudo o Internacional humanitário, estabelece as regras que protegem as pessoas que não participam ou deixaram de participar nas hostilidades e limitam os meios e métodos de guerra.

Por sua vez, a paz é importante para ambos, Direito e Segurança e, consequentemente, para o desenvolvimento econômico e social. Indo ao encontro disto, a *Carta das Nações Unidas* estabelece que os países devem resolver as suas controvérsias internacionais por meios pacíficos, de modo que a paz e a segurança internacionais, bem como a justiça, não sejam ameaçadas.

O Poder das Nossas Competências

Como seres humanos, temos competências para organizar as nossas relações, fazendo uso da guerra ou de qualquer outro tipo de violência estrutural. Mas também é certo que temos competências para organizar as nossas relações de forma pacífica: exprimindo ternura ou carinho nas relações interpessoais ou criando instituições de governação locais, estatais ou globais que promovam relações humanas baseadas na justiça e relações de natureza sustentável, ou seja, competências para *fazer as pazes*.

Acredito que a paz individual e a coletiva estão interligadas. A paz individual existe quando temos a tranquilidade dentro dos nossos corações. Já a coletiva está associada a seres que possuem uma paz individual e a guerras que se acabam. Assim, o ser humano conquista a paz coletiva quando está em paz individualmente.

O Equilíbrio é Fundamental

A paz está em cada um de nós e é fundamental que a encontremos com equilíbrio e serenidade! Esta ideia é sintetizada pelo Dalai Lama na frase *"Só conseguiremos obter a paz no mundo exterior quando estivermos em paz com nós mesmos (...) Felicidade significa paz de espírito"*. Também em *"Meditações"*, Marco Aurélio lembra-nos de que as pessoas são sábias e virtuosas por natureza.

No entanto, para manter esse equilíbrio interno, essa tranquilidade, devemos afastar da nossa mente as lembranças do passado e as expectativas do futuro. Ele explica esse ponto usando um princípio lógico: **é inútil preocuparmo-nos com um futuro que ainda não existe.** Portanto, é melhor vivermos em harmonia com o presente. Quando o futuro chegar, devemos enfrentá-lo com coragem, juízo e sabedoria. **Mesmo que o mundo esteja em guerra, o que nunca devemos perder, é a paz do coração, a harmonia do ser.** Com essa qualidade, não haverá dificuldades ou contratempos que não possamos enfrentar. Por sua vez, Ricardo Bellino no seu livro *Mind 8*, deixa oito conselhos para cada um de nós estar em paz com nosso ser:

1. Aceite a vida como ela é. Muito dificilmente passará a vida toda sem acontecimentos que o desagradem.
2. Viva o presente.
3. Relaxe.
4. Descomplique e desacelere.
5. Não deixe os problemas serem maiores do que realmente são.
6. Pratique a paciência.
7. Dê o real valor ao dinheiro.
8. Seja grato.

Que Pensamentos Estamos Alimentando?

Os pensamentos que alimentamos levam aos sentimentos que possuímos dentro de nós, e estes, por sua vez, contribuem para a forma como comunicamos conosco próprios e com os demais. Para mim, isso faz toda a diferença, a forma como comunicamos pode desencadear uma guerra ou contribuir para a manutenção da paz. Uma Comunicação não violenta aplicada a cada ser e por cada ser que compõe a comunidade, é, nada mais nada menos, que o caminho da paz coletiva por meio da paz individual: de todos para o todo, e do todo para todos.

Desafios São Portas de Crescimento

Aceitei o desafio de escrever o meu primeiro livro coletivo que já é um Bestseller, *Somos F*das,* porque acreditei e acredito que existe uma razão para estar neste planeta, em Portugal e neste período temporal. Se dúvidas existiram, foram dissipadas, porque surgiu a seguir o convite para pertencer também ao primeiro Livro coletivo das *"Rainhas Internacionais"*, que conta com a escrita de dez mulheres que se destacam no mundo. Surgindo depois o convite para escrever este capítulo sobre a paz, feito pela minha amiga Sueli Lopes, precisamente no momento do lançamento do primeiro livro que referenciei, do qual ela também é coautora.

Ou seja, tudo tem uma razão de ser, e o que eu sempre acreditei e sonhei concretizou-se, e assim continuará, mesmo que eu tenha que sair da minha zona de conforto, como aconteceu antes. Já sem quaisquer dúvidas e a continuar a acreditar e sonhar, por um motivo maior, eu vou lá e faço!

Todos Nós Podemos e Devemos Fazer a Diferença no Mundo

Acredito que todos nós podemos deixar um legado no mundo e podemos fazer a diferença na vida de outros seres humanos. Tenho um sonho que muitos consideram impossível, mas eu no meu coração nunca duvidei, porque acredito que *Nós podemos e tudo é possível!* Mais, desde muito cedo que pratico nas várias áreas da minha vida esta máxima: *esperar o melhor, preparar para o pior e aceitar o que vier!*

Ninguém Cruza o Meu Caminho por Acaso

É isso que faz com que siga o meu caminho acreditando que o meu coração nunca me engana e me ajuda a fazer as escolhas certas, de acordo com os meus princípios e valores. Procuro sempre ser útil às pessoas que por alguma razão cruzam em meu caminho, pois é isso que faz o meu coração 'cantar', e acredito que seja esse o meu talento: fazer conexões com o coração e ligar pessoas no mundo inteiro, para todos juntos contribuirmos para um mundo melhor, sustentável e em Paz.

O mundo precisa de Paz, para que as pessoas possam viver em harmonia e sem medo. A Paz é importante para o desenvolvimento econômico e social, para a saúde mental e física das pessoas, e para a preservação do meio ambiente. E também para a resolução de conflitos e para a cooperação internacional.

– Concordas?
Se Sim, sê mais uma pessoa no caminho da Paz.
Encontra a Paz dentro de ti e leva-a para o mundo.
Tu podes, então decide!

Mila Ferreira é natural de França, Distrito de Bragança, e reside no Concelho de Sintra, em Portugal.
Casada e mãe de um filho extraordinário (o seu maior Tesouro), é adepta do Associativismo, e já fez e ainda faz parte de vários projetos, sendo também militante de um Partido Político.

Licenciada em Direito, Jurista, Formadora, Palestrante, Investidora, facilitadora de Meditação, Embaixadora da *Rede Conexão Mulher* e Embaixadora internacional das *Rainhas Internacionais*, coautora da última edição do livro Bestseller *"Somos F*das"* e coautora da primeira edição do livro *"Rainhas Internacionais"*, e Idealizadora e Fundadora do *Clube Mulheres de Direitos e Negócios*.

Possui também formação em Alta Performance, Cripto Ativos, Coaching e Programação Neurolinguística. Faz *'Conexões'* com o coração, e ama inspirar e conectar mulheres empreendedoras em todo o mundo, fazer pontes e facilitar negócios, mostrar que o mundo está cheio de possibilidades e que todas nós podemos.

CAPÍTULO 10

SE EU PUDESSE TRARIA A PAZ NO CONGO DA PAZ

Ilustração: <LOPEZ, Ronaldo>

Por Henrique Sungo

SE EU PUDESSE TRARIA A PAZ NO CONGO DA PAZ

as pisadas da terra vermelha do meu musseque, habita a paz.
Antes dos pontapés invisível colonial, sempre habitou a paz.
Este sorriso cálido que importuna os energúmenos, não tira-nos a paz.

A paz que nos apraz dizer o valor de co-habitar com o sossego e a quietude.
A paz do nzambi é igual aos ventos e caminhos ondular na circular.
A paz não oscila mas, sim excita a vontade do progresso sem regresso.
A paz do zumbi, a paz dos palmares, a paz do ubuntu, a paz dos mukongos, a paz dos koisan, a paz do mar a paz do leste.

Se eu pudesse, traria a paz no Congo da paz
Se eu pudesse, carregava a paz no Sudão da paz
Se eu pudesse, marcava o golo da paz nos ventrículos da paz
Se eu pudesse, implementava a paz na paz para que me deixasse em paz.

Em mim habita a paz, que paz
Em ti habita a paz, a paz da pausa
Em nós habita o sossego, da paz parada.
Em vós habita a paz, a paz que habita em mim.

Oh tata nzambi, deixa-me em paz
Oh sukuyangue, quero paz
Oh Malaika, desejo a minha paz
Oh paz que habita em mim, fica em paz.

Glossário:
Musseque - Bairro, geralmente de construções precárias na língua kimbundu de Angola.
Mukongo - plural da etnia Bakongo na linha Kikongo de Angola.
Tata Nzambi - Deus pai em Kikongo.
Sukuyangue - Deus em umbundu língua do Sul de angola.
Malaika - significa anjo, em Swahili.
Koisan - povo mais antigo de angola.

Henrique Sungo, angolano residente no Reino Unido há mais de uma década, é escritor, cineasta, actor, Consultor de Nutrição Desportiva, Psicólogo Desportivo, contador de histórias africanas e filântropo.

Tudo com a televisão começou em 2001/2002 quando participou no concurso Mr Angola e foi o segundo classificado, com direito de participar no concurso internacional de moda masculina denominado "Manhunt 2003". Desde então, começou a participar de trabalhos televisivos com figurino na Novela *Reviravolta*, no programa *Conversa no Quintal* e em duas séries que retratavam o HIV. Ao mesmo tempo, também fazia moda como modelo e era atleta de basquetebol do sporting de Luanda na camada Júnior. No final de 2003, saiu de Angola para Portugal e, posteriormente, veio para a Inglaterra, onde ainda vive.

Em 2016 recomeçou a jornada de escritor, o que já resulta em quatro livros lançados. Em 2019, começou a investir na carreira de produtor de cinema, fez alguns curtos e em 2020 lançou o primeiro documentário. Hoje, já tem oito filmes e documentários. Em 2020 fez o Curso de Roteirista na University of East Anglia (Inglaterra). Antes, porém, em 2019, cursou Psicologia na universidade Menash (Austrália).

Prêmios no cinema:
- melhor curto documentário no Festival de Cinema em Londres (LAHFF) e 9 diferentes nomeações internacionais com o documentário "Vírus inesperado", em 2020;
- Melhor curta-metragem no Rameshwaram International Film Festival, na India, com o filme "Cereais", em 2022.

Prêmios literários
- África is more (contributo na literatura na diáspora) em 2019;
- African Child na África do Sul (melhor livro infantil) 2021;
- Troan Charity (contribuição da Literatura Angolana) 2019 e 2020;

- Participação no Festival Internacional Ntwala Oh Yeah, na categoria de literatura, em 2023.

CAPÍTULO 11
EU VOS DEIXO A MINHA PAZ, A MINHA PAZ VOS DOU

Ilustração: <LOPEZ, Ronaldo>

Por Flávia Temponi

EU VOS DEIXO A MINHA PAZ, A MINHA PAZ VOS DOU

Paz eu vos deixo, a Paz eu vos dou!

Disse ao mundo, o Cristo Redentor!

Que vivamos em fraternidade

espalhando luz e amor

A paz é suave tem cheiro de liberdade

Uma pomba branca a representa

E tão almejada...

é brisa doce que acalenta.

A paz real está em ti mesmo.

Inútil será buscá-la a esmo

Sem antes amar e perdoar seu irmão.

A Paz está na honestidade e

na pureza do coração.

A paz é preciosa e muito desejada

Mas por bombas e violência é afastada

Quão bom seria se não existisse o mar de sangue nos conflitos e guerra.

Ao invés teríamos Paz em todo planeta Terra.

Mas ainda que se sinta só, fraco e pequeno.

Junte-se aos pacificadores de viver sereno

Faça sua parte, promova a PAZ!

Levante sua bandeira e mostre o que o amor

é capaz.

A paz sobrevoa pairando o amor

Onde reina o maior exemplo do Criador!

Paz é fraternidade, tolerância e perdão

A paz é tudo que deseja o homem de bom coração!

VAI POESIA...

Ilustração: <LOPEZ, Ronaldo>

Por Flávia Temponi

ai poesia, mostre seu encanto.

leve a paz a todo canto.

Mostre sua força e magia

Como o sol que ilumina o dia

Vai poesia, mostre tua luz

Na arte que lhe conduz.

Eu sei dos seus valores.

Bendita como as flores,

Alma de diversas cores.

Sei da sua emoção em uma canção.

Sei do seu apreço, que vem de berço!

Ah, doce poesia, sua fala não tem preço.

Tens na palavra o tom perfeito.

Do seu jeito impõe respeito.

Fala do vento e sentimento

Fala de amor e contentamento.

Vai Bella poesia, mostre o que é

Amor, Perdão, amizade e união.

Mostre ao universo, teu melhor verso.

Mostre sororidade a qualquer idade.

Vá aos que fazem guerras...

E mostre como o nó se desfaz...

Vai poesia...

Abafe o barulho do mundo

E nos mostre a fundo, como és capaz.

Arranque a incerteza e traz mais leveza

E um bom bocado de Paz!

Leve alegria com tua voz que contagia

Anuncia esperança a toda criança.

Vai Poesia, diga que tudo isso vai passar,

A guerra há de cessar

E a PAZ voltará a reinar.

Flávia Temponi é autora, escritora de livros infantis, empreendedora, poeta, nascida em Brasilândia de Minas no estado de Minas Gerais. Em suas próprias palavras, a escritora diz que 'os livros são a porta para o conhecimento' e que devemos 'tornar a literatura parte da vida de nossas crianças'.

Morou por muitos anos em Itabira, a terra natal do poeta Carlos Drummond de Andrade, também conhecida como "Cidade da Poesia", e foi percorrendo pelos ruas da cidade do poeta e inspirada pelas suas obras, que Flávia Temponi começou o desejo de escrever e participar do mundo literário.

Atualmente, Flávia mora em Londres com sua familia, e sua filha Isabella, segundo a autora, é sua maior fonte de inspiração para compor seus poemas, livros infantis e até músicas. É autora de dois livros: Play Nice, Play Fair (em inglês) e Menina Bella e seu cavalo Amizade (em português), ambos os livros se encontram à venda no Amazon UK.

CAPÍTULO 12
A MEDICINA E A PAZ

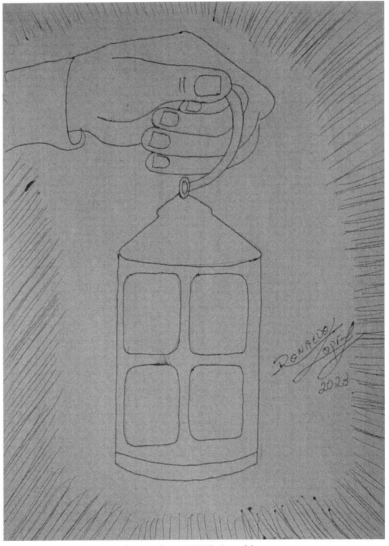

Ilustração: <LOPEZ, Ronaldo>
Por Sâmela Andrade

A MEDICINA E A PAZ

Ser médico vai além do cumprimento dos protocolos estabelecidos pela OMS (Organização Mundial da Saúde). Trata-se também de saber prescrever e ensinar o uso de uma medicação que não pode ser manipulada por laboratórios, podendo ser indicada a todos os pacientes, independentemente de religião, cultura e condição sócio-econômica.

Essa medicação, chamada paz, é o tratamento mais certeiro para a cura de qualquer enfermidade, sendo o opiáceo mais potente. Ela atua como uma dose elevada de morfina, hidromorfona e cortisona para a dor mais intensa. A paz não pode ser produzida por nenhum laboratório de alta tecnologia, mas pode ser gerada a partir da descoberta de uma capacidade existente no córtex pré-frontal, região onde está localizada a memória e onde elevamos nosso pensamento ao querer recordar algo. É nesse espaço que habita um ser superior dentro de nós, que alguns chamam de Deus. Talvez seja muita presunção querer descrever o local onde Deus reside em nós, mas cada um pode experimentar o lugar onde está sua alma, o contato com a alma, o sentir a alma à sua maneira. Talvez essa seja a minha forma de experimentá-lo e senti-lo.

Assim como a mesma dor pode ter intensidade diferente em cada pessoa, o sentimento de Deus em mim pode proporcionar um grau diferente de cura por meio dessa presença, que me permite desfrutar paz. É como a distribuição de todos os compostos de uma medicação pelo corpo durante o processo de digestão, absorção e excreção, percorrendo todo o organismo através do comando do sistema nervoso e disseminando-se por todo o sistema circulatório, alcançando as bilhões de células presentes no corpo, essa é a medicação poderosa que chamamos de paz!

Ela também pode funcionar como placebo. Quantos pacientes curamos com placebo? Milhares!

É ainda melhor do que qualquer medicação manipulada em laboratórios, pois não apresenta contraindicações e altas doses também não causam prejuízos. A paz também funciona como uma forma de energia, assim como a eletricidade. Há pacientes que são tratados com choque elétrico, mas o choque de paz pode ser ainda mais efetivo!

A paz pode ser tão contagiante quanto um vírus. Por exemplo, você pode estar diante de alguém que, apenas com um olhar, emite paz.

Outros são especialistas em transmiti-la através do sorriso, do aperto de mão, outros através de palavras, outros através do abraço. Alguns a transmitem através do cheiro, outros através da comida que preparam, e há aqueles que o fazem com um simples toque. A paz é tão sensível, visível e palpável ao toque para alguns, mas também pode ser invisível e imperceptível para outros.

Ela permite ser estudada, aprendida e conhe-cida, e pode ser desfrutada por qualquer pessoa que deseja se tornar um médico especialista em paz, um médico da paz sem fronteiras, ou que almeja ser o melhor remédio.

ELA É PAZ

Ilustração: <LOPEZ, Ronaldo>

Por Sâmela Andrade

la é uma essência, um sentimento, um presente recebido do ser superior, um elixir, um opiáceo, que vive dentro, intrínseco, produzido por uma comunicação de hormônios e elementos totalmente comandados pelo pensamento superior!

É a decisão simples e clara de um ser que entende o quanto ele é apenas uma expressão de silêncio, envolvida por brisa fresca e calma, é a expressão da confiança de que tudo está no controle de alguém maior. É a expressão do sorriso de um bebê ao ver a mãe que amamenta, é a expressão do pai que vê o filho dar os primeiros passos sem medo da queda, porque ele está por perto. É a expressão da natureza quando o vento mais forte vem, e mesmo assim ela se mantém no balanço, segura, é a onda do mar que te envolve e te devolve!

Ela é esse algo de alguém que sabe ler o futuro, e nesse futuro só se encontra o bem. Ela é uma lente ocular especializada para ver o futuro que não depende de você, depende de alguém que é muito responsável e está cuidando de tudo. Ela faz uma projeção de que tudo é possível, que há mais para aprender que ensinar, que há mais para esperar!

Ela tem cheiro de perfume novo, aquele que você recebeu de alguém que te fez sentir o ser mais especial do mundo. Tem cheiro de bolo da vovó, cheiro da casa aconchegante onde você é o centro de todo amor, ela é o cheiro da primeira flor que alguém te ofereceu te fazendo se sentir único!

Ela é o sentimento recebido, decidido, maduro, calculado, experimentado, de que tudo, tudo, tudo tem o seu tempo, e tudo está no controle. Ela não pode ser compreendida, ela é tão profunda, tão espiritualizada que sobrepassa qualquer entendimento.

Ela nos faz aceitar o momento da despedida daquele que só verei na eternidade, mesmo sabendo que a saudade será imensurável, e a aceitar o momento de cada um partir, tendo a certeza do reencontro na hora marcada.

Ela nos faz saber que somos espirito e luz, apenas essência, minúscula expressão dentro de todo o universo que controla todas as circunstâncias. E que esse todo, habita dentro de nós, e que se somos controlados por ele, entendedor de cada momento e de cada acontecimento, sabendo que minha paz é a paz do outro, minha harmonia é a harmonia do outro, meu descanso na certeza da calmaria é a energia que produz paz a todos.

Ela é a paz!

Sâmela Alves dos Santos Andrade nasceu em Goiânia, Goiás e graduou-se Letras na UFG-Go. Casou-se aos 21 anos de idade com Ênio de Andrade, com quem tem dois filhos. Fez pós-graduação em psicopedagodia.

Trabalhou no Hospital das clinicas em Goiânia, no projeto multidisciplinar com pedriatras, neurologistas, assistenctes sociais, psicólogos e psicopedagos, dignosticando dificuldades de aprendizagem em crianças e adolescentes. Escreveu o livro, *Aprendendo a Cuidar do meu Corpinho*, que faz prevenção ao abuso sexual.

Como cantora, gravou 5 CDs e 1 DVD para crianças, com a finalidade de ensinar a felicidade e prevenção a abusos. Ministrou palestras e cantou fazendo teatros por 20 anos. Escreveu o livro: *Menina-Moça, Segura e Feliz, 2005,* destinado a adolescentes e moças.

Foi diretora do Seminário Teológico da igreja Evangélica Assembleia de Deus e revisora de mais de 150 livros. Professora de língua Portuguesa em Colégios Municipais, Instituto Presbiteriano-IPE, em seminários teológicos, Universidade Salgado de Oliveira e Universidade Padrão em Goiânia-GO.

Está em fase de conclusão do curso de Medicina.

CAPÍTULO 13

FUNDAMENTOS À CIÊNCIA DA PAZ

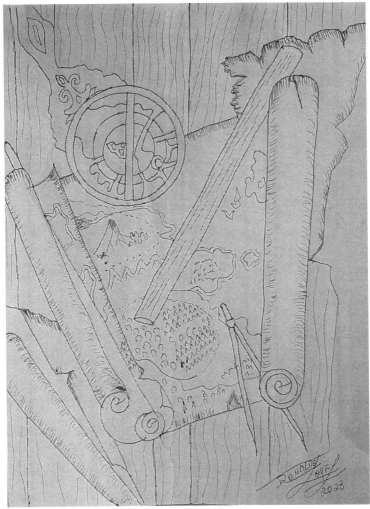

Ilustração: <LOPEZ, Ronaldo>

Por Sofia Costa

FUNDAMENTOS À CIÊNCIA DA PAZ

m contextos formais e informais, ao falar-se de Paz, geralmente, fala-se de paz entre nações e, idealmente, entre todas as nações. Contudo, almejar estritamente este tipo de paz, será suficiente para a conseguir?

Nem mesmo as interações científicas e artísticas, políticas e diplomáticas internacionais, a intervenção local e global de instituições governamentais e não governamentais, as alianças continentais, ou os intentos e implementos ora institucionais públicos e privados ora populares de manifestação pela Paz, fazem com que este, chamemos-lhe, 'tipo' de paz (entre nações) seja, definitivamente, alcançado. Muitos países, povos e pessoas sendo ou estando ainda aprisionados à guerra e a outras formas de imposição ideológica e toma territorial, de colonização arcaica ou moderna, que vai do ato de convencer alguém ao de conquistar algo. Tanto que, por vezes, a paz como a concebemos ou conhecemos, ou a atual visão da paz e operação para a paz, parece ter limites. E, na realidade, haverá ou deverá haver limite para a Paz?

Mais, no espetro de mentalidades advindas de antropologia nacional, regional ou local própria, e também de demandas pacifistas e resultados pacificantes que se apresentam à data no mundo, observa-se, ainda, num dos extremos, intrusivo e reclusivo, antigos dogmas a encerrar países e pessoas em si mesmas e, no outro extremo, afirmativo e especulativo, antigas e atuais alianças a serem quebradas. Contudo, como será 'o centro' deste espetro?

Mesmo com as diferenças antropológicas e recursivas entre países e, dentro destas, sobretudo religiosas e financeiras que, em todo ou parte e por si só, parecem causar resistência a uma Paz comum, algumas questões percorrem-me a mente. Entre as quais, sem intimidação pela junção das palavras 'e se', aqui deixo algumas:

E se houver uma *Nova Paz*, a aplicar no mundo e a alcançar pelo homem, reconhecida por pessoas e países, que impulsione e acelere o processo de pacificação entre si?

E se essa nova Paz no mundo tiver a ver, diretamente, com a Paz no homem, primeiramente como foco de pacificação própria (*Homem pacificado* consigo mesmo) e posteriormente como fonte de pacificação dos seus próximos (*Homem pacificador* dos demais)?

E se dessa Paz, crucial para uma pacífica e pacificadora existência e vivência humana mundana, se constituir ciência, uma ciência abrangente em visão e operação, em espaço e tempo, a *Ciência da Paz*?

Nova Paz, Propulsora e Potenciadora de Paz Efetiva.

É impressionante a ideia, só a ideia(!), de Paz... de uma Paz por todos querida, podida e conseguida, por todos sensacionada, emocionada, sentida e pensada... de uma Paz intencionada e implementada de forma conjunta... de uma Paz coletiva em que direitos e deveres humanos andam juntos... de uma *Nova Paz*. Uma Paz efetiva, a partir de e em todos e cada um de nós, conceptualizada e concretizada por e para todos e cada um de nós.

Reflexão. Que Paz efetiva, simultaneamente eficaz e eficiente, é essa, para cada um de nós? Que Paz é essa, propulsora da Paz de nós connosco próprios e com ou dos outros que nos estão próximos, e potenciadora de uma Paz no globo terrestre e nas esferas sociais em que nos encontramos e partilhamos vida? A partir daqui, descondicionemos a nossa mente, disponibilizando-nos para novas noções de Paz, e concebamos a nossa versão de Paz.

Descondicionamento. Permitamos, assim, que um Descondicionamento mental perante o nosso próprio conceito ou preconceito de paz, nos possibilite criar um contributo para a Paz, para a *Nova Paz* de que ambos, homem e mundo, pessoas e planeta, precisam e procuram.

E, assim sendo, qual é o nosso conceito particular de Paz, a nossa Paz particular e, consequentemente, qual o nosso contributo para o conceito de uma *Nova Paz*?

Paz no Homem, Pacificado e Pacificador.

Imaginemos...

Imaginemos um Ser Humano na dimensão espaciotemporal em que vive, num momento em que olha para dentro de si mesmo... e, ao fazê-lo, permite-se... erguer a cabeça e usufruir de um simples instante de especial brilho solar ou lunar... agradecer o seu nascimento como indivíduo num grupo de familiares, com ascendência e descendência, e ancestralidade própria... agradecer o seu enquadramento pessoal e profissional, e as suas respetivas redes de apoio e ação... e ambicionar ser, nada mais e nada menos, do que quem é, com o que isso implica pensar e sentir, fazer e ter... saber que o que acontece direta ou indiretamente pelas suas mãos, é ponto de partida ou passagem para um novo ponto de evolução na sua vida, e na vida dos demais que o acompanham no mundo, e do próprio mundo... amar ser pessoa entre pessoas, a amar ser gente, com personalidade própria ou traços de temperamento e tendências de comportamento próprios de combinação única... e admirar o seu perfil e performance, a sua positividade e produtividade... imaginemos. E, com isso, constatemos que estamos a presenciar um momento incrível de um representante da espécie humana, em si e por si só igualmente incrível... Pessoa de cabeça, coração e corpo cheios de substâncias objetivas e subjetivas da melhor qualidade e polaridade... Homem, com e por tudo isto, pacificado consigo mesmo e com os demais que o acompanham...

Respiração. Respirando profundamente, aqui e agora, também, cada um de nós, simples e somente, permitamo-nos imaginar percorrer cada uma destas dimensões da nossa pessoa e vida... e, a partir daí, imaginação 'a fora', viajemos no nosso ser 'a dentro' em busca de Paz, vislumbrando a nossa versão de Paz.

Alinhamento. Nesse momento, podemos ficar surpreendidos e intrigados, a questionar do que se trata tamanha comoção que nos corre nas veias e bem-estar que se alastra pelo corpo, advinda de uma ou mais visões de Paz...

Trata-se de um momento preceptivo de singular alinhamento entre Essência humana (quem sou, o que procuro e preciso?) e Experiência mundana (o que vou fazer com quem sou, e como vou colmatar necessidades e vontades almejadas?)... de parte de alguém que, a partir daí, se não sabia passou a saber, a relevância de celebrar a cada respiração, o interesse e a importância da Paz. Essência individual e grupal a expressar-se e expandir-se na Experiência pessoal e profissional. Primeiramente, produção particular de Paz de dentro para fora do indivíduo em si mesmo que, posteriormente, se torna produto de Paz de fora para dentro para si mesmo e para os demais indivíduos do grupo. Um produto que todos podemos (e devemos) produzir. O produto de uma *Nova Paz*, da nova *Ciência da Paz*, uma ciência em que todos somos cientistas, *Cientistas da Paz*.

Ciência da Paz, Uma Ciência Prioritária.

Reposição. Se todas as pessoas do mundo parassem num mesmo dia e hora para fazerem uma respiração e uma reflexão sobre o que é para si *Paz*, reposicionando-se enquanto indivíduo perante a Paz, estou confiante que o mundo ficaria melhor a partir desse mesmo momento e, mais e mais, a cada um desses movimentos! Movimentos de *Alquimia da Paz* mundial e universal a repetir a cada dia, ou quando se entender repetir. Também por isso, o primeiro ponto de uma *Agenda da Paz* internacional pode ser cada indivíduo, em hora certa no seu fuso horário, parar alguns minutos para respirar fundo e refletir firme e fortemente sobre a Paz, desejando-a para si e para todos. Desses minutos, de literal respiração e reflexão pela Paz, resultando a sua nova posição perante a própria Paz, espelho do interesse e da importância da Paz do homem no mundo.

Refinamento. Depois de descondicionamento mental sobre o conceito de Paz e alinhamento entre quem se é e o que se faz, entre tudo mais, em prol de uma Paz particular e coletiva, ou *Paz Cooperativa*, derivada de um próprio reposicionamento perante a Paz, surge o refinamento da sua prática. Por exemplo, num manifesto humano que sequencia pensamento, comunicação e relações humanas, podendo enunciar-se o seguinte 'Refinamento pela Paz': *pensar na Vida* (ou na ausência de morte, menos ainda pelas minhas mãos); *comunicar a mim mesmo e, maior e melhor, aos demais que 'os Vejo'* (e que, se eles não estão bem, eu também não estou); *relacionar-me com pessoas a quem faço Voto continuo de que tudo de bom e por bem lhes* *aconteça* (e ainda que, devendo, eu possa contribuir para isso). Assim sendo, deixará de haver espaço, por exemplo e respetivamente, para a aniquilação, a indiferença, e a inveja entre pessoas.

Descondicionamento, Alinhamento, Refinamento.

Estas são as três palavras que me inspira a Paz, os três passos que me surgem na mente quando penso em Paz, numa *Nova Paz*, a Paz do Novo Homem no Novo Mundo, numa Nova Ciência, a ciência das ciências humanas mundanas, a *Ciência da Paz*, produzida por todos nós, *Cientistas da Paz*.

Nada têm que ver com poder, menos ainda financeiro. Aliás, e diretamente relacionado com cada uma e com todas tais três palavras ou dimensões, o principal recurso de que o Ser Humano dispõe, é a sua *Função Cerebral*, a sua mente, função gratuita e disponível '24.7.365/6', e que permite grandes feitos não só no corpo humano como no corpo mundano natural e social. E, por sua vez, uma mente descondicionada, alinhada e refinada, abre espaço e tempo ao manifesto de uma das maiores forças do homem neste mundo: a sua *Força Mental*. E, a partir daqui, da força da mente humana, desta plataforma de altíssima tecnologia e metodologia, não há limites, deixa de haver limites, além de nos demais planos, nos próprios pensamentos, comunicados e relacionamentos humanos... entre Pessoas ficando, 'apenas', as Forças-apêndice: as forças mais sapientes e saborosas da dimensão em que nos encontramos e partilhamos uns com os outros: o *Afeto* a nós mesmos e aos outros; o *Ânimo* e a *Alegria* entre todos; a *Admiração* perante tudo e todos; a *Adesão* entre Pessoas benevolentes e bondosas a Causas e Consequências benéficas igualmente a todos; e, claro, o *Amor*.

Quando as reli no subtítulo do parágrafo anterior, apercebi-me que a junção da primeira letra de cada uma delas (D, A e R) produz a palavra *dar*. Que maravilha... maravilham-me sempre as coincidências, entre outras, linguísticas e literárias, conceptuais e operacionais, certamente sincrónicas e significativas... pois, que bom é viver sem mágoas nem medos de que alguém ou algo nos ser tomado, sem a ilusão de que alguém ou algo é de nossa toma ou tomável por nós. E que bom é saber que, se há alguém ou algo que podemos dar, é a partir de nós próprios, e é a nós próprios e aos nossos próximos. E que bom é falar de Paz, e acabar (de começar), assim, a falar de doação, e em dádiva, fulcral fundamento da Paz. Assim É.

A todos nós, e a quem nos acompanha, *A Paz*.

Nota de Neologismos
Este texto propõe três neologismos para a Língua portuguesa, os quais as palavras: *pacificante* (ou condição daquele ou daquilo que pacifica); *reclusivo* (ou característica daquele ou daquilo que provoca reclusão); *sensacionada* (ou propriedade daquele ou daquilo que foi estímulo ou alvo de sensação).

Sofia Costa. Mulher de si mesma, e do Pedro. E Mãe de três Marias, a Francisca, a Benedita e o João. Nascida em Lisboa, com Morada em Oeiras, Portugal. E com demais espaços e tempos, e quem abraça, a dizer quem é e porque está.

A sua atividade profissional acolhe três projetos, um associativo, um corporativo e outro académico. A APPresencing, a CATCOACOM, e a ULisboa/MUHNAC. No primeiro, propondo e praticando as ciências da sua eleição no plano humano mundano, a *Ciência da Presença* para a concretização consciente do homem no mundo, e a *Ciência da Paz* para o efetivo bem ser e estar de todos os seres viventes, matéria esta que defende na Coletânea *Sementes de Paz*. No segundo, operando através de um completo núcleo de serviços de crescimento humano, de que são exemplos a gestão e a psicologia e suas atividades derivadas. Áreas estas em que é graduada e propulsora de técnicas e métodos inovadores, inclusivos e não intrusivos. E, através das quais, empresas, empresários e equipas, pessoas e profissionais se unificam em si mesmos e se unem aos demais perante produtos e projetos, para práticas cada vez mais benevolentes e benéficas a todos ou ao maior número de seres envolvidos nos procedimentos e processos que lhes são intrínsecos ou estão inerentes. No terceiro, em contexto universitário e museológico, comunica as emoções como um dos mais relevantes recursos humanos, sob o qual o ser humano pode e deve concentrar-se em conseguir crescente responsabilidade, sobretudo em matérias coloniais (e neocoloniais), e com resultado na pesquisa *«Redenção: Responsabilidade emocional na Descolonização museológica.»*.

CAPÍTULO 14

UMA PAZ OU VÁRIAS PAZES?

Ilustração: <LOPEZ, Ronaldo>

Por Thaís Algott

UMA PAZ OU VÁRIAS PAZES?

 o ser convidada para participar deste projeto, o primeiro questionamento foi: *"o que é paz para você?"*. Começamos já com um momento de reflexão, pois independente de ser um anseio de todos, o sentimento de paz é intrínseco em cada um, pois a paz começa dentro de nós.

O dicionário define *paz* como um estado de calma ou tranquilidade, uma ausência de perturbações e agitação; paz é quando nos relacionamos sem disputas. É ter pensamentos positivos sobre si mesmo e sobre os outros.

Aprofundando mais, percebi que alguns pensadores abandonaram uma definição única e abrangente de paz, promovendo a ideia de várias pazes, que ela deve ser entendida como uma pluralidade. E acredito que eles estavam no caminho certo.

Da mesma maneira que lidamos com a nossa saúde de forma abrangente: física, mental, financeira, essa linha de pensamento me leva a adicionar que também temos que cuidar da nossa saúde profissional. Pois todos esses tópicos são facetas da complexidade humana. É mais uma maneira de observarmos a pirâmide das necessidades humanas de Maslow (Autorrealização, Autoestima, Sociais, Segurança e Fisiológicas). E por ser da área de recursos humanos, meu prisma tende para o reflexo profissional.

O filósofo alemão, Max Weber, foi eternizado por afirmar que o trabalho dignifica o homem. Essa expressão tem base na psicologia, pois o trabalho é uma condição preponderante para a realização humana. É através da sua ocupação que o homem mostra o seu valor no meio em que vive.

O trabalho exerce papel central na vida humana, proporcionando a construção da identidade e dos vínculos sociais, pois quando temos a certeza da nossa utilidade, sentimos que estamos contribuindo para uma causa maior, gerando uma força motriz capaz de mover montanhas, a motivação pessoal.

A importância do trabalho na vida do ser humano vai muito além de satisfazer nossas necessidades básicas. Ele é símbolo da existência humana, sendo parte constituinte da identidade do indivíduo, uma vez que cada um se torna o que é por meio daquilo que executa, exteriorizando sua capacidade inventiva e criadora. Por meio do trabalho as pessoas exprimem a sua marca, o seu registro.

Nesses últimos anos, tivemos a oportunidade de lançar um outro olhar sobre o impacto do trabalho e da convivência social que ele representa nas nossas vidas.

Com o confinamento durante a pandemia, reações extremas começaram a surgir. Os extrovertidos entrando em depressão profunda pela falta de contato social, os introvertidos se encasulando ainda mais pelo confinamento, aumento na violência doméstica, cessação de oportunidades de crescimento por conta de extinção de cargos e até de empresas inteiras. Pessoas perdendo vínculos de décadas por causa da redundância. Casais se separando pois não conseguem dividir o ambiente dentro de casa. Níveis de ansiedade às alturas, devido ao medo e incertezas, e acesso a profissionais da saúde reduzido.

E mesmo hoje, com um senso maior de normalidade, o impacto continua e será sentido por anos, pois essa alteração na rotina profissional trouxe outros questionamentos para muitas pessoas. Tivemos fenômenos como a *Grande Demissão*, quando as pessoas decidiram tomar outros rumos em suas vidas, e não se conformar mais as regras de antes. E em sequência dessas ações, houve um aumento significativo no número de pessoas que embarcaram na jornada empreendedora, pois buscavam uma qualidade de vida mais balanceada, na qual a realização profissional andasse de mãos dadas com a vida familiar.

O ser humano teve que enfrentar o medo de ser extinto e esse senso de extinção traz uma força impulsionadora de correr atrás do tempo perdido, ou daquilo que ele realmente deseja, pois percebe que não pode mais adiar o sonho. Desde 2020, a frase que mais se escuta entre as pessoas que mudaram de carreira é que elas querem realizar coisas que façam sentido nas suas vidas e realmente valham a pena, coisas que acrescentem às suas existências.

Durante décadas, ouvia-se que trabalho não tem nada a ver com prazer, e que havia uma se-paração enorme entre o pessoal e o profissional. Hoje, sabemos que um não existe sem o outro.

O fato de falarmos mais sobre a importância da saúde mental em nossas vidas, trouxe uma reflexão profunda sobre o impacto profissional. Da mesma forma, influenciou a maneira como as pessoas escolhem suas carreiras, além de que nos trouxe a flexibilidade por saber que não te-mos a obrigação de permanecer em uma carreira que não nos realiza. Exercer uma profissão que traz prazer vai proporcionar, naturalmente, opor-tunidades mais interessantes, simplesmente por-que quando há satisfação, o engajamento e a dedicação aumentam, e, em consequência, o desenvolvimento acontece. Quem não se identifica com o que faz não tem motivação para realizar suas tarefas diárias, pois está trabalhando somente por obrigação. Já uma pessoa motivada produz resultados acima da média, pois está trabalhando com prazer e alegria.

E aí entra também o equilíbrio entre vida pessoal e profissional. O filósofo chinês Confúcio dizia: *"Escolha um trabalho que você ama e você nunca terá que trabalhar um dia sequer na vida"*. Sabemos que o estresse é um dos problemas mais graves das últimas gerações, e estudos comprovam que a vida profissional é uma das maiores fontes desse transtorno, se não a maior, porque é onde gastamos a nossa energia e o nosso tempo.

Portanto, ter paz na carreira profissional está diretamente vinculado com a paz de forma geral. Uma pessoa feliz contagia todos à sua volta. Motiva, impulsiona, atravessa os seus desafios de peito aberto e entrega resultados que realmente trazem um impacto para todos aqueles envolvidos.

A paz interior é um símbolo de força, é algo que diariamente se constrói, é quando o seu coração está em sintonia com a sua mente e o seu corpo. E ninguém pode lhe trazer paz, a não ser você mesmo.

Thaís Algott é brasileira-germânica, cresceu em Petrópolis no estado do Rio e mora em Londres há dez anos, cidade que considera sua casa de verdade.

É especialista em Recolocação Profissional e Consultora de Recursos Humanos e Recrutamento para pequenas empresas no Reino Unido, com 20 anos de experiência, fazendo as pessoas felizes com suas carreiras. Seu objetivo é auxiliar pessoas a entrar no mercado de trabalho e empresas e a melhorar as relações com os seus colaboradores, através de mentoria e serviços personalizados, adaptados às necessidades de cada um de seus clientes.

CAPÍTULO 15

A PAZ É COLETIVA!

Ilustração: <LOPEZ, Ronaldo>

Por Beni Dya Mbaxi

A PAZ É COLETIVA!

PAZ. Num mundo onde em cada segundo ouve-se gritos de balas, choros de crianças, barulho mudo dos stops, caminham os utópicos que acreditam numa PAZ.

E quem escreve não é uma exceção! O mundo pertence aos utópicos. — Mas que paz é essa? Só eles conhecem? Só a minoria alcança... Num mundo onde alguns sorriem e outros choram, onde um assassinato é um simples sopro, felizes seríamos se não houvesse mais guerras, se não houvesse mais choros. Se a guerra, miséria, depressão, homicídio, suicídio, opressão, racismo e machismo não trajassem a PAZ.

— Por que o mundo é assim? Ela caminha numa normalidade anormal, chora-se num tempo impróprio, em todos algures do mundo deita-se gargalhada numa inundação de lágrima. Cada vez mais, balbúrdia nas mentes dos sensatos das justiças. Cada vez mais, guerras disfarçadas de PAZ.

Cada vez mais, balbúrdia nas mentes dos sensatos das justiças. — Ah, se a cor branca falasse? Se os velhos sábios vivessem eternamente, e fossem ouvidos? E se os sons das balas um dia calassem? E se a criança pudesse brincar sem ter medo de ninguém? Se a mulher pudesse caminhar no escuro sem temer nada, se o homem pudesse viver sem desconfiar do seu semelhante!

Acredito que o mundo seria melhor e brilhante! Se a PAZ existisse na sua própria essência, e não apenas na mente do humano. Quão perfeito seria o mundo! Mas não é fácil ter a PAZ. Ela exige luta, exige conhecimento, não é qualquer conhecimento, falo do autoconhecimento. Mas ao meio do caos existem aqueles que trajam a guerra em PAZ e procuram inventá-la. Há muitos anos que procuramos dizer que estamos em PAZ, vivemos uma eterna utopia, ainda não acredito numa PAZ particular, para mim, a PAZ é coletiva, ninguém sente-se em PAZ enquanto o seu próximo está em guerra. A PAZ pertence a todos, mas infelizmente a quem já não a sente, a quem lhe foi tirado, a quem nunca a sentiu.

Mas, utópico que sou, cheio de esperança, sei que um dia acordaremos com tudo mudado, não me pergunte qual fenómeno fará isto, mas tenho a plena certeza bem guardada no fundo do meu pequeno e ferido coração, que a PAZ chegará para todos de uma forma honesta! Chegará como um relâmpago nos corações dos injustos do mundo... -

Beni Dya Mbaxi, jovem escritor angolano, nascido em 28 de Maio de 1997, é colunista do blogue brasileiro "Choque Cultural Buíque" com Dica de Leitura, é CEO do movimento literário JEZ "Jovens Escritores do Zoológico", CEO do Espaço Zuela, Coordenador da Revista Punhado com o brasileiro Guigo Ribeiro, a revista visa promover a NEGRITUDE. É autor de oito livros: Em 2018, publicou o seu primeiro livro, *Quando Não Olhas Para Trás*. Em 2019, *A menina da Burca, Musseque e Outras Reflexões* ensaio; 2020, *Pensar Fora da Caixa* e A última *Masoxi*, publicado na Inglaterra, Londres. Em 2023, *What Does A Man Black Have to Say*? e *Palesa no Inferno.*

Em 2021, recebeu o prêmio da 4ª edição do Anual Global African Authors Award pela *obra A Última Masoxi*, na África do Sul. É Semifinalista na premiação "Mulher Forte African Literature 2023", no Botswana, com a obra *A Última Masoxi*. Recebeu também o prêmio Escritor Revevelação do Ano 2021, na premiação Moda Cazenga By Luandina. Recebeu Honra ao Mérito da Biblioteca Municipal Kilamba Kiaxi. Recebeu o prêmio "Escritor Jovem do Ano 2022", na Premiação Dipanda. Recebeu distinção pela Revista Literária Khuluma Afrika-Speak da África do Sul, 2022. Recebeu ainda dois certificados pelos feitos na literatura angolana, nas mãos do Secretário executivo do conselho Provincial de Luanda.

É colunista regular do jornal internacional The Diáspora Times Global. Redator da Tabanka TV de Londres, Inglaterra. Embaixador da revista "African writers Round Table" no Zimbabwe. Colunista do blog brasileiro Pensamentos e Poesia, representante e colunista da revista Khuluma Afrika-Speak da África do Sul.

CAPÍTULO 16

DESIGUALDADE, INJUSTIÇA SOCIAL E SEU IMPACTO NA PAZ ENTRE POVOS AFRICANOS

Ilustração: <LOPEZ, Ronaldo>

Por Osvaldo Gomes

DESIGUALDADE, INJUSTIÇA SOCIAL E SEU IMPACTO NA PAZ ENTRE POVOS AFRICANOS

o mundo em que vivemos, a paz, muitas vezes, parece um ideal distante e inatingível. Inveja, descontrole emocional, guerras, conflitos, ódio e intolerância, parecem estar presentes em todos os cantos do planeta. No entanto, dentro de cada um de nós existe a vontade de fazer melhor e a esperança de um mundo melhor, um mundo em que a paz seja a norma e não a exceção. Neste livro, intitulado *Sementes da Paz*, espero conseguir, com a minha contribuição, levar os leitores a explorar os caminhos para alcançar a paz em um nível pessoal e coletivo. Espero entregar a você, leitor, uma jornada de autodescoberta, compaixão e transformação.

Como empresário afrodescendente de negócios na área social e como sociólogo, é com um enorme prazer que aceitei este convite da minha colega e amiga *Sueli Lopes,* para dar minha contribuição a esta maravilhosa iniciativa. Dessa forma, gostaria de explicar a importância da ação e da mudança social na busca pela Paz num contexto afrodescendente.

Ser negro num país caucasiano é viver sendo enxergado como estrangeiro ou migrante, mesmo que ele e ambos os pais tenham nascido no país caucasiano, e o mesmo se aplica ao caucasiano nascido num país negro. Durante a minha juventude, a paz para mim era com certeza o desejo de poder andar nas ruas num país caucasiano sem ser confundido por um bandido, ou abordado por policiais sem motivos para essa abordagem, ou até mesmo o desconforto diante de alguém que se sente incomodado pela minha presença, pelo simples fato de eu ser negro e, portanto, posso fazer algo de errado. Também tem a questão de estar a fazer *jogging* e pensarem que possa estar a fugir da polícia, ou entrar numa sala de reuniões e os presentes pensarem que entrei na sala errada. Minha paz durante anos estando apenas no desejo de ser visto como um cidadão comum e não pela cor de minha pele, mas infelizmente não se pode apenas mudar a paz através de desejos e intenções. É importante que o mundo entenda a necessidade de agir e trabalhar coletivamente, com o intuito de criar um impacto significativo em nossa sociedade. Neste capítulo, onde tenho a honra de contribuir com a minha visão de sociólogo e partilhar uma análise que espero fazer jus a esta importante obra, quero deixar a minha marca, partilhando como as ações individuais e coletivas podem desempenhar um papel crucial nesse processo.

Durante mais de vinte e cinco anos, dediquei uma grande parte da minha vida a trabalhar com as comunidades afrodescendentes e africanas de língua portuguesa, portugueses e brasileiros, na Inglaterra, em ambas as vertentes: social e de negócios. Nas duas, tive a felicidade de aprender imenso com as diferentes mentes do povo que, por mais de quatro séculos, foi oprimido, sujeito a um sistema brutal e desumano que causou danos profundos. É importante reconhecer que essa infeliz experiência variou amplamente entre diferentes regiões e ao longo do tempo, e cada pessoa teve uma experiência única, os efeitos na mente sendo significativos. Mas, é importante salientar que, apesar dos desafios enfrentados, o negro conseguiu demonstrar grande resiliência e resistência e, mesmo diante as adversidades, conseguiu criar mecanismos de adaptação e pre-servação de sua identidade e cultura.

Contudo, de igual modo se faz necessário res-saltar que, mesmo após passarem mais de 100 anos, depois dessa triste experiência, os desafios continuam para os descendentes dos africanos escravizados. Para além da discriminação racial, a segregação e a injustiça social que continuam a afetar suas vidas, resultando em disparidades socioeconômicas e dificuldades em alcançar a igualdade de oportunidades, os africanos tabém ficaram com sequelas na forma como se relacionam entre si, por exemplo: devido ao bloqueio no desenvolvimento social e econômico africano, seu povo foi levado a buscar outras estruturas já bem desenvolvidas, pensando que tudo o que é do outro é bem feito e melhor; acreditando até que ser africano é não ter as mesmas capacidades que as outras raças, ou que ser negro com uma cor de pele um pouco mais clara significa ser mais belo ou ter mais oportunidades. Também é importante frisar que a falta de estruturas econômicas fez a maioria dos negros pensar que ser bem sucedido é ter um bom emprego no mundo caucasiano.

São fatos que, até a data de hoje, conseguem tirar a paz de muitos africanos, com filhos gerados na diáspora ou até mesmo no continente africano. Por mais que queiramos ignorar tais fatos, como pais, sabemos que durante o processo de preparação de nossos filhos para o mundo, é bastante crucial educá-los a saber lidar com a vida "lá fora", pois eles vão também sentir na pele que ser negro é para muitos ser menos inteligente e ter menos oportunidades.

Vivemos num mundo em que tão facilmente podemos ser julgados pelo que parecemos. Infelizmente, o preconceito está enraizado em uma série de fatores históricos, culturais, sociais e psicológicos. É também igualmente importante salientar e reconhecer que o racismo e a discriminação são problemas sistêmicos e profundamente enraizados em muitas sociedades ao redor do mundo.

Examinando **movimentos históricos**, como o *Movimento pelos Direitos Civis* nos Estados Unidos nas décadas de 1950 e 1960, liderado por ativistas como Martin Luther King Jr., Malcolm X e Rosa Parks, o *Movimento Anti-Apartheid* na África do Sul liderado por Nelson Mandela e Desmond Tutu, percebemos o quanto lutaram contra a opressão racial e trabalharam pela libertação e igualdade dos negros sul-africanos. E os ativistas negros que nos anos 70 lutaram contra a discriminação racial, exigindo a igualdade de oportunidades, combatendo o racismo estrutural e instituicional, dando origem, na mesma década de 70, ao *Movimento pelos Direitos Civis* no Brasil. Nos dias de hoje, podemos também mencionar o *Movimento Pan-Africano* que busca a solidariedade e a unidade dos povos africanos em todo mundo, enfatizando a importância da identidade africana, da autodeterminação e da luta contra o racismo e o colonialismo.

Como descendente de cabo-verdianos, residente na diáspora, e como líder afroportuguês residente no Reino Unido, não posso deixar de falar naquele que desempenhou um papel fundamental na luta contra o colonialismo e na busca da independência dos territórios africanos de língua portuguesa, Amílcar Cabral, um renomado líder político e revolucionário da Guiné-Bissau e Cabo Verde. Foi o cofundador do *Partido Africano para a Independência da Guiné-Bissau e Cabo Verde* (PAIGC), que promoveu o principal movimento de libertação dos territórios africanos colonizados por Portugal.

Embora haja progresso e mudanças positivas ao longo do tempo, ainda há muito trabalho a ser feito para alcançar a verdadeira igualdade racial e acabar com todas as formas de discriminação. É fundamental que os esforços de combate ao racismo sejam contínuos e abordem tanto questões individuais quanto estruturais, para promover uma sociedade mais justa e inclusiva, trazendo a paz interior de um pai que sabe que seu filho na escola se sente igual a todos, e não corre o risco de ser discriminado devido a cor da sua pele. Afinal, o que realmente traz paz ao mundo é saber que **podemos ser todos diferentes, mas somos todos iguais.**

O que aqui quero deixar, é que todos os movimentos acima mencionados foram importantes, porque trouxeram avanços legais. Resultaram, portanto, na implementação de leis e políticas que visam proteger os direitos das pessoas negras e a combater a discriminação racial e que levaram a paz interior a muitos povos africanos espalhados pelo mundo, alguns por razões econômicas e outros pelo comércio de escravos (*Slave Trade*).

Não posso deixar de acrescentar que, infelizmente, continuam a existir problemas significativos. Mesmo antes e durante o Covid-19, muitos povos negros no Brasil e no mundo viram seus direitos cívicos reduzidos em comparação com outros povos não negros. Um de muitos casos, o caso do *Bairro da Jamaica* em Portugal, em janeiro de 2019, que gerou controvérsias e debates sobre o tratamento dado às comunidades marginalizadas e a existência de discriminação racial no país, o que claramente evidenciou o racismo estrutural e a violência policial direcionada às comunidades negras e de imigrantes em Portugal.

O fato de falar sobre o racismo numa coletânea em nome da paz, deve levantar muitas questões a alguns leitores. Pois o fato de ser uma coletânea sobre a paz com a participação de vários escritores de língua portuguesa espalhados pelo mundo, acredito que os leitores só têm a ganhar, pois vão beneficiar de uma exploração aprofundada do próprio **Conceito de Paz**, incluindo as suas diferentes dimensões (paz interna, paz social, paz global) e como ela é alcançada em níveis pessoais, comunitários e internacionais. Aqui, como líder afroportuguês e como sociólogo residente no Reino Unido, busco fazer uma análise crítica dos desafios e obstáculos para a Paz, referentes a questões como desigualdade e injustiça racial, com o objetivo de ajudar alguns leitores a compreender as complexidades envolvidas na busca pela paz e a identificar formas de superar esses desafios no ponto de vista do povo negro.

Cada escritor tem suas próprias razões e interesses específicos ao explorar esse tema, assim como eu, que busco partilhar com os leitores uma reflexão pessoal, visando promover a paz nas vidas de muitos negros que passaram por esta mesma experiência descrita. Mas, verdade seja dita, a questão aqui é: *como uma análise crítica sobre desigualdade e injustiça social pode trazer paz?* Bom, para oferecer uma história e narrativa inspiradora, enquanto profissional que trabalha na APSC e APSC Business Alliance, viso promover a paz em meio a adversidades e conflitos dentro da comunidade afroportuguesa no continente africano e na diás-pora. Porém, é, naturalmente, necessário enten-der o impacto da desigualdade e da injustiça social ainda verificadas de forma contínua, e o que estas têm causado na mente das famílias afroportuguesas da atualidade. Entender a men-te do afroportuguês foi, e continua a ser, crucial, para poder desempenhar um papel significativo na implementação de um trabalho que realmente impacta esta comunidade na Inglaterra. O fato de existir o preconceito, discriminação e desi-gualdade de oportunidades, são questões que durante o desenvolvimento de ferramentas e habilidades pessoais e profissionais não podem ser ignoradas. Para famílias, empreendedores ou profissionais afroportugueses, não se pode limi-tar a educação dos seus filhos ou promover uma educação profissional baseada no que é comum referente as ferramentas e habilidades pessoais e profissionais para outros povos. Para o povo negro, é necessário elaborar ferramentas e habi-lidades 'extras', que sejam capazes de ajudar a navegar de forma positiva perante a ainda exis-tente desigualdade e injustiça social. E nem sempre isso acontece, pois, para muitos afroportugueses, a desigualdade e a injustiça so-social causam mágoa e revolta, resultando em sentimentos de tristeza, raiva, frustração e de-sesperança. Isso, por um lado, tem afetado a saúde mental e o bem-estar geral da comunidade negra no mundo e, por outro, dada a vontade de ser aceito/a na comunidade caucasiana, tem levado à negação da sua própria identidade, e à não aceitação de si mesmo, e a integrar como real a desconfiança de que o que vem do negro pode não ser de qualidade.

Concluindo, como líder afroportuguês, é para mim importante promover o entendimento geral de que, sim, existem questões no núcleo da comunidade que têm impactado de forma positiva e negativa, tanto do desempenho individual quanto do desempenho coletivo, causadas não apenas pela existente desigualdade e injustiça social, mas também pelos mais de 400 anos de escravidão. Hoje em dia, a comunidade negra ainda vive um 'dilema' que é bastante notável no nosso desempenho individual, quando somos desafiados. Ao longo de centenas de anos fomos treinados para estar na defesa, ser competitivos e ser desconfiados, ferramentas que foram e são importantes para lidar com a escravidão, assim como para lidar com a atual desigualdade e injustiça social. Essas ferramentas tendo feito, e fazendo ainda, com que o povo negro desenvolva habilidades excelentes quanto à sua performance individual no desporto, na música e nos demais meios e atividades profissionais. Porém, por vezes, ainda, desenvolvendo ferramentas não tão positivas referentes à sua performance

coletiva, assim, ele próprio dificulta o relacionamento intra e inter comunidades e a performance profissional e empresarial, inclusivamente
e segundo dados estatísticos a respeito, nas
áreas pessoais e profissionais, levando a resultados negativos referente a pais solteiros, divor-
ciados, parcerias profissionais, e gangues. Contudo, hoje e sempre, mantendo-se a esperança
num presente e futuro em que impere, agora
sim, a igualdade e a justiça social.

Osvaldo Gomes é Cientista Social de 47 anos,
Treinador de Capacitação de Empresário de sucesso, pai
de três filhos. Fundador e Diretor Executivo da APSC e
APEX CARD e da APSC Business Alliance. É Representante
da Trade Invets- Cabo Verde no Reino Unido e responsável
pelos projetos: I.M.A.G.E.M. Modelo Básico, Canal de
Desenvolvimento Comunitário, APSC Business Alliance e
Afro Parents Officer.

Esteve ao lado de Isaac Bidgio (historiador espanhol), membro ativo dos movimentos que há onze anos foi reconhecido na comunidade espanhola e portuguesa em todas as suas formas étnicas por Boris Johnson então como Presidente da Câmara de Londres. Também foi eleito para representar a Comunidade Espanhola e Portuguesa no Comitê Organizador dos Jogos Olímpicos e Paraolímpicos de Londres 2012 (LOCOG 2012) como Coordenador da Comunidade Ibero-Americana.

Ex-motorista de ônibus com bacharelado em Habitação e Diploma de Distinção em Habitação e Bem-Estar, Diploma em Administração de Empresas e Certificado Profissional em Contabilidade e Governança.

Osvaldo Gomes tem vindo a entregar com sucesso sua missão de sensibilizar os Governos, Negócios e Comunidades Afro do continente e da Diáspora para a importância da união e performance coletiva. Acredita fortemente que isso só é alcançável se passar do desempenho individual para o desempenho coletivo, trabalhando juntos, investindo em nós mesmos. Por meio da nossa unidade: "só podemos nos tornar mais fortes e mais bem equipados para combater qualquer injustiça contra o povo afro."

CAPÍTULO 17

A BELEZA DAS PIPAS É NO AR!

Ilustração: <LOPEZ, Ronaldo>

Por Isabel Parolini

A BELEZA DAS PIPAS É NO AR!

 az... três letrinhas, tão faladas, tão repercutidas no mundo. Desejada por todos, tanto no âmbito individual quanto no coletivo. Também se tornou símbolo das redes socias, o discurso sendo: *o importante na vida é ter paz.*

Mas, onde começa a paz, para um líder, um chefe, ou seja lá quem for, para cada um de nós? A paz começa, realmente, dentro de nós, lá no coração, e sobe para a mente. vai gerar boas palavras, bons comportamentos, principalmente no seio da família e, em especial, em quem tem no seu íntimo a vontade de passar isso aos seus descendentes, filhos, netos, e por aí afora.

Tenho uma linda recordação que associo à paz, e a usarei como metáfora. Ela retrata a minha infância e, em especial, a minha fascinação pelas pipas, ou 'papagaios' em algumas regiões do Brasil. Eu me lembro que costumava ir com os meus irmãos soltar pipas, e tinha de correr atrás daquelas que eles cortavam; melhor: das que eles 'roubavam no ar', dos outros meninos. Muitas vezes, levei socos e pontapés, porque quem ia os enfrentar e pegar as suas pipas era eu. Um dia, sentada, assistindo àquela 'Guerra de Pipas' entre meus irmãos e os meninos do outro grupo, observava aqueles lindos objetos voando livres no céu. Achei aquilo tão maravilhoso. **A beleza das pipas é no ar, voando!**

Mas aquela brincadeira era, na realidade, uma batalha, e ali um grupo tinha que cortar os fios das pipas do outro. Num dado momento, comecei a achar triste aquela destruição de pipas, e da mente infantil. E disse a um de meus irmãos que não iria mais participar daquilo, daquela luta, explicando – *Vi a alegria e leveza das pipas, voando. Vocês as arrebentam, e elas ficam estragadas e só servem de troféu, mais nada.* Ali mesmo, levei uns bons tapas do meu irmão, porém resisti, não continuei a participar na 'brincadeira' e voltei para casa.

Na verdade, acompanhava meus irmãos porque era proibido ficar em casa sozinha. Tinha que ir onde eles fossem, pois nossa mãe passava o dia no trabalho. Naquele dia, na volta dela para casa, também levei outros tapas, no ímpeto, pois não deveria estar em casa sem meus irmãos. Porém, ao me ouvir, ela me abraçou e disse que meu gesto foi muito lindo. Fiquei muito feliz, e em paz, com isso.

Hoje, depois de tantas décadas, e já aqui na França, ensinei minha neta *Allegra* a soltar pipas. Continuo achando lindo o fato de você conduzi-la no alto, no céu azul. Aquele colorido embeleza o céu. A própria criação da pipa também é tão especial, cada parte dela, só quem viveu isso na infância sabe o valor dessa obra de arte, tão rara hoje, porém familiar às crianças das gerações passadas. Não sendo justo ou, pelo menos, não sendo bonito, que depois venha a ser objeto de disputa e de briga.

Com essa metáfora, digo que a paz é liberdade, de um pensamento, de uma ação. Desde que este pensamento e esta ação, gerem o bem comum. Como aquelas pipas, nossas atitudes podem trazer beleza ao mundo, podem ser admiradas, seguidas como modelo, podem fazer a diferença. Quando digo 'liberdade', que fique claro ela não pode ou não deve gerar o mal-estar do outro. A verdadeira liberdade gera o bem, e um bem-estar coletivo.

Vale, ainda, ressaltar que, no meio de tantos discursos de liberdade, pode ser que em alguns haja muita maldade, ganância, egoísmo. A paz não é um troféu! Paz não é religiosidade que, por acaso, está bem longe da minha alma! Gosto de falar da vida, em seus pormenores, em sua simplicidade valiosa, uma preciosidade. Inclusive, escrevi este texto no Japão, em viagem de férias, e na casa de um dos meus queridos filhos.

Ali, caminhei pelos jardins japoneses com meus netos que lá vivem, que encanto! Ali, transmiti valores e estrutura familiar às futuras gerações da minha família, e isso é motivo de muita paz para mim, e também para meu querido esposo *Celso*.

Lembre-se, sempre: a beleza das pipas é no ar, voando! Não queira cortá-las para obter um troféu! Semeie o bem, lembre-se sempre do coletivo! Por mais que haja boas intenções em suas atitudes, isso não é o bastante! Nem tudo é para estar em nosso controle! Saber dividir ideias, projetos, somar forças é uma grande forma de promover a paz também! Que nossa energia não se concentre em destruir, mas em construir, sempre! Em promover esperança, por onde passarmos!

Isabel Parolini é brasileira, casada com Celso Parolini e hoje vivem num charmoso vilarejao, ao lado de Paris, chamado Cocherel. Antes, porém, viveram na Itália e em Londres, com seus cinco filhos.

O casal dedicou sempre parte do tempo de suas vidas com projetos socias, missionários e culturais, fazendo a diferença por onde passou, oferecendo amor, especialmente à comunidade brasileira. Pastorearam igrejas, fizeram viagens missionárias, Celso, inclusive concluiu o curso de teólogo.

Hoje, desenvolvem um brilhante trabalho junto ao Governo Francês: cuidam , "adotam" crianças que, por algum motivo não têm lar. Por abuso, por abandono, ou qualquer outra razaõ. Assim, elas recebem educação, amor, base familiar, senso de responsabilidade, afeto, dentre outros fatores importantes à cidadania, à emancipação de qualquer ser humano. Ao atingirem a maior idade, as crianças são de novo assumidas pelo Governo Francês, que os direciona a um trabalho, uma nova moradia, independente.

Isabel e Celso acreditam que dedicar amor ao próximo (com ação, atitudes) é a melhor maneira de promover a paz.

CAPÍTULO 18

PAZ É AJUDAR O COLEGUINHA NA ESCOLA

Ilustração: <LOPEZ, Ronaldo>

Por Isabella Temponi

PAZ É AJUDAR O COLEGUINHA NA ESCOLA

 sabella Temponi é uma criança muito atípica, muito desenvolvida em seus afetos e responsabilidade com o próximo. Por isso, foi convidada a fazer parte desta coletânea.

Ao ser questionada pela mãe sobre o que é paz, ela imediatamente respondeu:

- Paz é consolar um coleguinha que chora na escola!

Ela estava se referindo ao primeiro dia de aula, quando um coleguinha chorava de forma compulsiva, por estranhar o novo ambiente. Na ocasião, Isabella foi a pessoa quem consolou o garoto! Isabella já semeia as suas semente de paz!

Isabella Temponi Oliveira nasceu em 18/04/2019, na Inglaterra, em um lindo dia de primavera, mas é filha de Brasileiros e não esquece as raizes dela. Seus pais, Flávia Temponi e Nélio Oliveira, fazem questão de manter a língua materna e a cultura brasileira em casa.

Faz parte do grupo **Jornadas Culturais** e do **Grupo Internacional de Escritores Vozes da Diáspora**. É também considerada a "mascote" do **Connected Women Club**, em Londres. Aos três anos, teve o privilégio de cantar nos palcos do **Tropical Talent Show**, a canção "Bella Menina Cristal", composição da sua mãe.

Isabella também marcou presença na exposição Artistas pela Paz, na Espacio Gallery, em Shoreditch, 2022, Londres. Também participou do Tour Literário e Cultural em Gordon Square, Londres, promovido pelo Vozes da Diáspora, onde aprendeu sobre Tagore e sobre o Grupo de Bloomsbury, dentre outros projetos culturais.

Isabella ama férias de verão no Brasil, gosta de cuidar dos amigos, é alegre e muito gentil. Ela tem grande carinho e respeito pelos animais, um dos seus hobbies é cavalgar com os pais apreciando a natureza. Isabella constantemente aponta o dedo ao céu admirando a lua, as estrelas, e, volta e meia, observa desenhos se formarem através das nuvens, dentre eles ovelhas, cachorrinhos e gatos. É livre para ser criança e usar a imaginação, por isso, recomendo:

Olhe o mundo com os olhos de uma criança, se for capaz, e verá um mundo mais bonito, mais leve e cheio de paz.

CAPÍTULO 19

A EDUCAÇÃO PROMOVE A PAZ

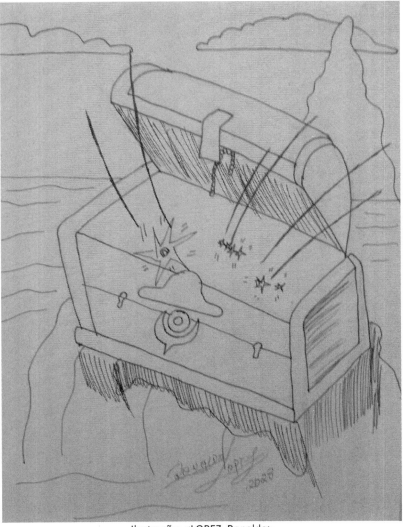

Ilustração: <LOPEZ, Ronaldo>

Por Judite Lopes de Oliveira

A EDUCAÇÃO PROMOVE A PAZ!

o ser convidada para participar deste lindo projeto, a primeira coisa que me veio à mente foi o artigo "Os Quatro Pilares da Educação", (Cortez, 2018). Ele será meu ponto de partida.

Embora tenha sido citada uma edição mais recente acima, foi apresentado pela primeira vez em 1999, por Jacques Delors, professor, político e economista francês. Na verdade, "Os Quatro Pilares da Educação" foram exibidos por meio do relatório *Educação: um tesouro a descobrir*, da Unesco. Jaques Delors criou o documento com o objetivo de ajudar a mudar o cenário da educação, que se transformou num livro, o qual nunca é considerado ultrapassado.

"Na década de 1990, a Comissão Internacional sobre a Educação para o Século XXI da UNESCO propôs caminhos para a educação. O relatório intitulado *Educação: Um Tesouro a Descobrir* (1996), preconiza que a educação se organize em torno de **Quatro Pilares do Conhecimento: Aprender a conhecer, Aprender a fazer, Aprender a conviver e Aprender a ser**" (Trecho retirado do curso EaD da Educação em Tempo Integral 2020).

Eu sou do tempo em que os professores no Brasil eram muito valorizados, do tempo em que as comunidades (especialmente as rurais) nos tratavam com respeito, éramos quase ídolos dos povoados por onde passávamos. O amor e o carinho eram recíprocos. Havia muita conexão e humanização em cada projeto educacional e comunitário. Portanto, ao ver o relatório da Unesco, resgatando esse tesouro chamado educação, minhas esperanças foram renovadas! Porque realmente é, um tesouro a descobrir, dia após dia; ano após ano; década após década. Em meu caso, até a aposentadoria, o que muito me orgulha!

Posso dizer que cumpri minha missão na Terra como educadora, que deixei meu legado eternizado, pois também publiquei um livro sobre este tema. Educação é para pensar e agir, para sentir, amar, humanizar. De outro modo, fica mecânica, sem vida.

É Necessário Estar Aberto ao Novo

Uma das maiores resistência na educação, com certeza, é a resistência do corpo docente em aceitar o novo, em abrir mão de moldes que já ficaram ultrapassados. Isso não é vergonha e nem tampouco se desvalorizar. Pelo contrário, é acompanhar as mudanças necessárias que a própria vida exige, em todas as áreas. A diferença está na maneira em que a inovação é implantada, na ampliação. O amor, o carinho, a generosidade, a gentileza cabem em todos os métodos e épocas, indiscutivelmente.

Essa ampliação possibilita a efetivação de novas atitudes, tanto no que se refere à cognição como a convivência social, privilegiando os quatro pilares da educação adotados pela UNESCO: **o aprender a conhecer, aprender a fazer, aprender a viver juntos e aprender a ser**.

Na verdade, os quatro pilares são o contexto certo para trabalhar na educação, pois tratam-se de tudo que acontece na vida dos alunos em seu desenvolvimento, desde aprender a falar coerentemente a seu caráter, como respeito e ética para a sociedade em que vivemos. Os pilares, na verdade, têm o poder de facilitar nos alunos a **construção de sua identidade**.

Creio que, ao falar de paz, devemos dar um destaque ao quarto pilar: **Aprender a Conviver,** pois é nesta base que podemos desenvolver, o melhor possível, a personalidade e estar em condições de agir com uma capacidade cada vez maior de autonomia, discernimento e responsabilidade pessoal. Isso é sinônimo de promover a paz, no acompanhamento de cada cidadão, de cada aluno, pois aprender a viver com o outro gera tolerância, inclusão, respeito às diferenças.

Todavia, antes de tudo, é primordial aprender a conhecer **(Aprender a Aprender),** não por acaso, o primeiro dos pilares. Este pilar envolve o ato de compreender, descobrir ou construir o conhecimento. Mais do que adquirir saberes, os educandos devem ter interesse real pela informação e prazer em aprender e se aprimorar constantemente. O aprimorar constantemente significa também ser alguém melhor para o mundo, todos os dias.

Mas, será que, em primeira instância, não se faz necessário **Aprender a Ser**? O que quer dizer, afinal   aprender a ser? Eu diria que **Aprender a Ser** está relacionado com o aprender a conhecer o mundo que nos rodeia e, para que isso aconteça, é fundamental que haja uma educação de qualidade, capaz de proporcionar o desenvolvimento do ser humano, tornando-o apto a elaborar pensamentos. Conhecer o mundo, seus valores, ser alguém que pensa, que faz a diferença, Todos os pilares não implicam, em outras palavras, contribuir para a paz? Creio realmente que sim.

A Educação é Contínua, é Para a Vida

Diante de todas essas colocações, creio que sim, podemos e devemos **Aprender a Fazer** um mundo melhor, sem utopias. A educação liberta, a educação promove a paz, não de forma súbita, mas no decorrer da vida de cada ser no mundo. É papel dela alertar, ensinar, participar, contribuir. A educação caminha lado a lado com nossos filhos, nossos netos, com os amigos de nossos filhos. A educação faz parte de nossa sociedade. Já imaginou o mundo sem ela? Não seria muito mais caótico?

Sem sombra de dúvidas, a educação é a base de nossos futuros grandes profissionais, ou foi o pilar dos atuais. Impossível falar de paz sem considerar o papel da educação na sociedade!

Eu tenho orgulho em dizer que plantei sementes de amor e paz ao longo de minha grande caminhada como professora e elas floresceram, e continuam a frutificar o mundo, gerando outras sementes, de geração em geração!

Abençoados sejam todos os educadores do mundo. Aqueles que, no decorrer dos séculos, constroem uma sociedade melhor, mais consciente e pacífica!

Judite Lopes de Oliveira é autora, escritora, professoa e autora de projetos sócio/educacionais. Natural de Goiás, onde ainda vive, libertou uma comunidade interia do analfabetismo, criando uma "Escola Rural" em bom Jesus de Goiás, onde teve seu primeiro contrato com o ensino público no estado de Goiás. Continuou sua jornada de educadora em Goiânia, onde fez história também no ensino municipal. Judite foi uma das escritoras do Projeto Artshout: Artistas e Escriores Em Prol da Paz. O projeto promoveu uma exposição em São Paulo e outra na Espacio Gallery, em Londres. Ela também foi destaque em uma das matérias da Revista Brasil na Mão, em Londres.

É mãe de nove filhos. A exemplo da também goiana, Cora Coralina, escreveu e publicou o seu primeiro livro aos 81 anos: *Minhas Pedras Preciosas*, que está disponível no site da Amazon. Sua obra, além de trazer conselhos, base e valores familiares, revela segredos da educação humanizada, com afeto, o que ela viveu no decorrer de toda a sua carreira, libertando, inclusive, um acomunidade rural inteira do analfabetismo. Judite acredita que a educaçao gera liberdade, que por sua vez, conduz à paz!

CAPÍTULO 20

A PAZ NAS DIFERENÇAS!

Ilustração: <LOPEZ, Ronaldo>

Por Liza Lima

A PAZ NAS DIFERENÇAS!

uito se tem discutido acerca de paz. Em se tratando do meu Brasil, muito mais, pois o povo anda amedrontado perante os últimos episódios de violências, como ataques nas escolas. Isso ocasionou vítimas fatais e, enquanto sociedade, temos nos despertado a compreender esse sério problema da "cultura de violência" que assola as escolas brasileiras. Obviamente, para combatê-la, precisaremos de uma abordagem multifacetada e colaborativa, com o envolvimento de diversas políticas.

É justamente nesse lugar de guerra que levanto uma reflexão sobre a paz, que tanto buscamos, esta sendo, de fato, um desejo universal e, muitas vezes, tão essencial quanto o ar que respiramos. Enquanto profissional de psicopedagogia, tanto a clínica quanto a escolar, são os ambientes onde permeio, observo pessoas (crianças, adolescentes, adultos) em seus comportamentos e ajudo-as a superarem suas dificuldades cognitivas, sociais e emocionais.

Após testes com embasamentos científicos, escuta ativa e acolhimento, identifico suas habilidades e dificuldades, com o objetivo de fornecer estratégias para que esses avaliados superem as barreiras que os impedem de obter um bom rendimento. Na verdade, o lugar de aprendizado fluido, só é garantido em um local de paz, tanto interno quanto externo.

Minha Missão é Trazer Paz aos Ambientes Familiares

Enquanto terapeuta da aprendizagem, ajudo a trazer paz para o ambiente familiar, uma vez que os pais se veem muito confusos nessa missão de auxiliar os filhos na jornada acadêmica, quesitos como: rotina de estudos, planejamento, escala de terapias, consultas médicas. Ainda, manter essa geração de nativos digitais longe das telas, pelo menos enquanto estudam, o que tem se tornado um desafio, tal qual um malabarista equilibrando seus pratos, sem que os deixem cair. Os pais de filhos em condições neuro atípicas tentam exaustivamente conciliar esse cotidiano insano de cada dia.

Comumente, o público no qual atendo apresenta alguma deficiência, ou transtorno TDAH, uma vez que meu filho e eu estamos também nessa condição neurodivergente (apresentamos um funcionamento neurológico diferente do padrão). Após seis anos, saltitando de consultório em consultório, à procura de respostas e sem um direcionamento claro, encontrei nos meus estudos, as respostas que eu procurava. Vejo hoje muitos pais se encontrarem nessa mesma condição ou circunstância. Como consequência da minha dor, me tornei ativista nessa causa.

As Consequências do Diagnóstico Tardio

Não obstante, apesar de os estudos científicos acerca do TDAH terem sido validados por Susan Campbell (University of Pittsburgh desde 1980) percebemos que ainda existe muita desinformação. Logo, o não diagnóstico precoce, e seus impactos negativos, sobrepujam no ambiente familiar, nas interações com os parentes e com os pares escolares, na qualidade de vida e na saúde mental de todos que convivem com aqueles que têm o transtorno.

E o meu lugar de fala consiste em levar meu projeto até as escolas. Considerando que esse intento teve base na minha prática como mãe, perante as inúmeras tentativas de auxiliar meu filho em suas demandas, posteriormente consegui aplicá-las em meu consultório. Hoje, a passos curtos e consistentes, luto para implantar tais ações que foram testadas e deram certo.

Meu desejo é que esse projeto contemple intervenções, tanto no ambiente escolar quanto no familiar. Vale ressaltar que o quadro da criança com TDAH poder evoluir ou piorar, dependendo das condições que lhes são oferecidas. À medida em que as competências sociais e o repertório dos professores e pais se tornam mais elaborados para cumprirem os seus papéis, conseguirão lidar diariamente com as diferentes demandas inerentes às dificuldades de seu aluno ou filho.

É Necessário Diminuir A Carga de Estresse

Dessa forma, diminui-se, significativamente, a carga de estresse, amenizando esses conflitos interacionais; como por exemplo o fato de os professores ou pais acusarem a criança de "não escutar", de não seguir regras e normas, de não conseguir completar as solicitações mais simples, de reagir com agressividade e de não tolerar frustração. O excesso de atividade motora, o alto nível de impulsividade evidenciada na antecipação das respostas e na inabilidade para esperar a sua vez, diante de um acontecimento, pode provocar, geralmente, um impacto negativo nas relações sociais e/ou familiares , além de promover um alto nível de estresse com quem convive com a criança ou adolescente.

Desatando esse diálogo, no qual vai muito além de apenas "ensinar conteúdos" para essa criança, minha proposta é trazer paz onde existe sobrecarga, seja no campo social, estudantil, cognitivo, matrimonial. Isso, na redução quanto ao uso de disciplinas severas e coercitivas, pois é sabido que os filhos com TDAH recebem também mais *feedbacks* negativos de seus pais, pouca oportunidade de interações positivas, dentro e fora do lar, e falta de supervisão dos mesmos. Esse fato ocorre devido à história de insucesso dos pais para controlar os comportamentos de desatenção, impulsividade e hiperatividade da criança, isso tudo se torna um tormento na vida do aluno e dos seus familiares.

Contudo, ao invés de procurarmos segurança do lado de fora, precisamos voltar para o "eu" interior de cada um, respeitar e aceitar o outro como ele é em sua individualidade. Abrindo esse diálogo, quebrando barreiras e preconceitos, só assim, conseguiremos ter menos muros nas escolas e mais paz.

A Importância das Habilidades Sócio-emocionais

Outra forma de trazer harmonia é através do desenvolvimento de habilidades sócioemocionais.

Por meio de técnicas e atividades específicas, enquanto psicopedagoga, posso ajudar a criança a desenvolver a empatia, a resiliência, a autoestima e outras habilidades fundamentais para lidar com as emoções e relacionamentos interpessoais. Essas habilidades são essenciais para a promoção do bem-estar emocional e social, reduzir o estresse e ansiedade, fortalecer a autoestima e gerar relacionamentos mais saudáveis. Consequentemente, assegurar um ambiente mais harmonioso e tranquilo, tanto para a criança, como para a família. Assim, prossigo semeando minhas sementes. Que elas possam brotar, germinar e dar muitos frutos!

Liza Lima é graduada em LETRAS (UFG), com especializações em Psicopedagogia, TDAH no Contexto Escolar e Psicomotricidade. Desenvolve um excelente trabalho de atendimento Clínico Psicopedagógico a crianças e famílias dentro da condição do TDAH entre outros transtornos, bem como trabalhos Institucionais de formação para gestores e professores dentro do tema INCLUSÃO NAS ESCOLAS. Já foi homenageada na Prefeitura de Goiânia, onde mora, pelos projetos de apoio à comunidade.

Quando se casou, Liza e seu esposo combinaram que ela ficaria com os filhos, quando eles chagassem, e assim foi, em razão das viagens continuas do Alexandre, temiam que os filhos se sentissem "órfãos" de pais vivos. Então, mesmo com dificuldades financeiras, ela cuidou dos filhos interinamente por 9 anos, acompanhando na escola e crescimento etc..Por ter formação em Letras, sempre estimulou o Enzo (primeiro filho) desde pequeno, à leitura e começou a mostrar o interesse dele por livros em seus canais de redes sociais.

Automaticamente, muitas mães a procuravam, buscando apoio para obterem o mesmo desempenho com seus filhos. Liza também sempre foi a "louca do reciclado". Então, mostrava o quanto era fácil estimular uma criança com os recursos que se tem em casa. Desde os quatro anos, percebeu, portanto, que Enzo era diferente. Começou uma incansável busca para compreender a origem das diferenças do filho.

Juntos, passaram por neuro, avaliação do sono, fonoaudióloga e nutricionista, pois ele apresentava muita dificuldade para dormir e seletividade alimentar. Passaram também por psicólogos. Até que um dia, Enzo, com dez anos, chegou da igreja e disse aos pais que não queria mais viver, pois estava difícil (sensação de inadequação).

Então, foram ao psiquiatra, o qual solicitou a avaliação neuropsicológica e o diagnóstico foi de TDAH. Por razão disso, Liza mergulhou nos estudos. Há ainda um pormenor: o mesmo psiquiatra a diagnosticou como TDAH também. Desde então, ela se tornou ativista da causa pelo seu filho. Também passou a compreender melhor seu próprio comportamento, como, por exemplo, por que não "parava em nada". Hoje, ela não só compreende, como ajuda a tantos que passam pela mesma situação.

Liza planta sementes de paz nos seios das famílias, levando auxílio aos pais em como lidar com as diferenças.

CAPÍTULO 21

À PROCURA DE PAZ

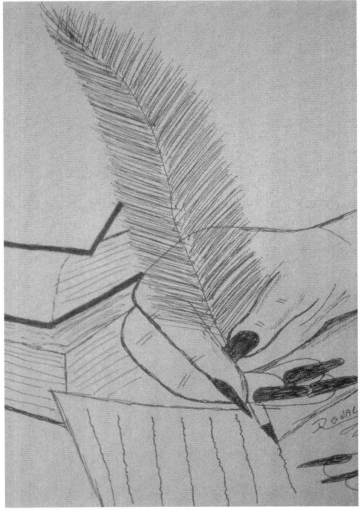

Ilustração: <LOPEZ, Ronaldo>

Por Camila Vieira

À PROCURA DE PAZ

ue paz é essa? O que entendemos por *paz*? E como estamos contribuindo para a paz mundial e, sobretudo, para nossa própria paz? À medida em que amadurecemos, esta palavra vai absorvendo sentimentos extintos. E a impressão que tenho é que este vocábulo está, cada vez mais, sendo usado em lugares errados, com um sentido empobrecido. Eu diria que, quase sempre, para expressar algo negativo de uma maneira positiva... do tipo: *Me deixe em paz!*

O que seria, "Me deixe em Paz"? Seria isso: *não me mostre o que eu não quero ver/ou entender*? Ou seria: *Me deixe sozinho*? Ou, eu não me importo com o que está acontecendo à volta"? E, sobretudo: *Não me critique! Eu não preciso mudar/melhorar*? Ora, o primeiro passo para se encontrar a paz é ser criticado, criticar-se a si mesmo, aceitar o desconforto. Não existe paz do lado de fora, se isso primeiro não existir internamente. E é por meio de críticas ou reflexões, sobretudo aquelas que fazemos a nós mesmos, que iniciamos nossa jornada em busca da paz e de nossa essência.

Imagine só como seria, se todos nós embarcássemos nessa jornada com tudo o que temos? Como seria o mundo se estivéssemos, de fato, tentando ser pessoas melhores? E entendêssemos que cada um tem seu próprio tempo, sua própria jornada, e, assim, prosseguíssemos em construir um mundo com mais compaixão e respeito?

Todos os dias, ao levantarmos, escolhemos nossas batalhas, e também a maneira com a qual as enfrentaremos. Ao entender isso, compreendemos que ''o outro'' também enfrenta suas próprias lutas, com as armas que tem e com a escolha de buscar a melhor estratégia.

Será por que, às vezes, temos tanta dificuldade em enxergar e aceitar, ou tão somente, compreender e respeitar essas diferenças? Vivemos numa sociedade onde tudo é motivo de disputa: religião, educação, profissão também são motivos pelos quais grandes guerras se iniciam.

O mais triste é entender que quase sempre essas guerras causam mais prejuízos do que ganhos, e, no final, a triste realidade é que elas não consertam nada. Tudo nos leva a crer que o motivo principal não é fazer melhorias, mas sim provar nas mãos de quem está o poder.

Infelizmente, somos impotentes em relação a tudo que é externo. Mas podemos tudo, quando se trata do interno. Fácil? Não! Porém, somente nós mesmos podemos resolver. Depende de cada um iniciar esse processo de enfrentamento, de descoberta pessoal. A maior vitória? Aprimorarmo-nos e ter a coragem de nos aceitar como somos, e deixar isso transparecer. Acredito ser esta a verdadeira paz. Escolher ser você mesmo, fazer aquilo que te faz se sentir vivo!

Essa batalha pode ser muito longa, árdua, sofrida, pois, amadurecermos, absorvemos um pouco de tudo o que há à nossa volta. Adquirimos vícios, desaprendemos coisas simples e necessárias. No final, aprendemos que somos parte de uma sociedade cheia de regras, hipócrita e, não raras vezes, desumana.

Nunca antes sentimos tanta necessidade de ajuda para aprender o básico: respirar, cuidar do ambiente que nos fornece elementos vitais, como o ar puro, a água, nossos alimentos e toda a energia que precisamos.

Quanto mais penso, mais difícil fica de entender o porquê. Afinal, ao pensar em nossa necessidade de obter mais do que realmente precisamos, imagino que acabamos por destruir quase tudo, ou, pelo menos, grande parte do que é fundamental para nossa sobrevivência; os nossos conceitos de moral, respeito e dignidade, inclusive.

Assim, começamos uma corrida incansável para recuperarmos tudo aquilo que já tínhamos, sem nos dar conta de que era o suficiente. Estamos à procura de profissionais que nos ensinem a desaprender todos os vícios que aprendemos pelo caminho, bem como de reaprendermos, não só o essencial, mas também a nossa própria essência.

É hora de pararmos, olharmos para nós mesmos e assumirmos o nosso papel na sociedade. Cada um de nós é único, e são tais diferenças que fazem a vida valer a pena. Porém, à medida em que, enquanto sociedade, complementamos uns às necessidades dos outros.

Ninguém tem que fazer igual, ou ser melhor, ou fazer mais. Imagine só, se todos tivéssemos os mesmos padrões, as mesmas experiências, as mesmas profissões, com quem aprenderíamos? Com quem dividiríamos nossas conquistas e nossos aprendizados? Como poderíamos contribuir com o crescimento e sucesso uns dos outros? Acho que seria um mundo muito "frio" e chato!

Dessa maneira, construir um mundo pacífico seria tão somente não deixar nossos filhos perderem a capacidade de respirar, de olhar para o que existe à volta e enxergar a beleza e a singularidade de cada pequena coisa, de cada pequeno gesto. Ensiná-los a apreciar tudo aquilo que nos é dado, e que não tem preço. Sobretudo, ensiná-los o valor que cada um tem, principalmente o deles próprios.

À medida em que reconhecemos nosso próprio valor, tudo aquilo que talvez nos seja imposto, perde força. Não há competição, a não ser aquela que desafiamos a nós mesmos, a qual nos faz procurar crescimento pessoal. Consideremos que, ao alcançar nossas conquistas, além de nos ajudar, expandimos nosso crescimento e contribuímos para o crescimento alheio.

Essa é a beleza da vida! É descobrir como podemos impactar na vida alheia e promover crescimento de uma maneira mais ampla, de pessoa para pessoa, de comunidade para comunidade, e assim sucessivamente! Como é fantástico e compensador saber que uma pequena atitude nossa é capaz de mudar uma emoção, uma realidade, iluminar o dia e talvez até a vida de alguém.

É interessante o quanto, ao fortalecer cada um, dentro de suas peculiaridades e necessidades, contribuímos para uma sociedade mais pacífica. Indivíduos fortalecidos, cientes de si, não criam conflitos. Eles não sentem necessidade de provar nada para ninguém. Ao contrário, eles se alegram em promover o crescimento alheio. Seria esse o verdadeiro sentido da Paz? Seria essa a melhor forma de construirmos um mundo mais pacífico, baseado no respeito, na compaixão e na união? Será que isso é tudo muito romântico ou utópico? Ou seria isso possível?

Não sei se isso é simplesmente um desejo profundo do meu coração. Mas, realmente acredito no poder da união, da troca, do comprometimento com o crescimento coletivo como ferramentas para construir um mundo mais pacífico e mais justo. Em acréscimo, também creio no poder contagiante disso: se eu começar em mim, aos poucos, vai-se criando uma onda de coisas boas, e pessoas com o mesmo desejo se aproximam e amplificam o poder desta onda!

Bem, talvez seja só um desejo. Enquanto isso, vou fazendo tudo o que está ao meu alcance para contribuir, para que este desejo se torne cada vez mais real! Minhas motivações? Saber que, independentemente de como ou onde eu planto cada semente, um dia ela brotará, no momento certo. Quando minhas sementes de paz forem garantidas às condições necessárias, irão brotar, crescer, florescer e dar frutos!

Camila Vieira trabalha como Consultora de Seguros no Reino Unido e contribui com vários trabalhos voluntários, dentre eles, a publicação de artigos para alguns meios de comunicação: CCBL, Jornal Noticias em Português e Revista Brasil Mostra a Sua Cara. Também recebe convidados especiais para discutir temas relevantes à comunidade de língua portuguesa, por meio de lives em seu canal no Instagram.

Uma das maiores conquistas de Camila foi ter concluído seu MBA, no qual defendeu a dissertação *"O impacto das características do TDAH na prática do empreendedorismo"*. Desde então, incentiva, não só a membros da família, mas também da sociedade, a procurarem ajuda, a se aceitarem, abrindo, assim, canais de discussão a respeito de neurodiversidade.

CAPÍTULO 22

PAZ, SAÚDE FÍSICA E MENTAL

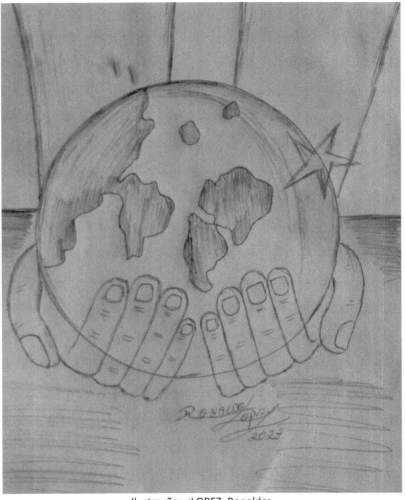

Ilustração: <LOPEZ, Ronaldo>

Por Fabiana Oliveira

Saúde Física e Mental: Seus Reflexos em Nossa Paz

e levarmos em consideração que nossa saúde física e mental está muito relacionada com a nossa paz, poderemos entender melhor a importância do exercício físico.

A Paz Promovida Pelos Jogos Olímpicos.

Desde a antiguidade, a humanidade foi incentivada a se unir por meio de esportes, como é o caso das Olimpíadas. Sabemos que as Olimpíadas da antiguidade clássica surgiram na Grécia Antiga, por volta de 776 a.C., na cidade de Olímpia, e que estavam associadas a rituais religiosos. Porém, tiveram o seu fim em 393 d.C., somente 1503 anos depois voltando a acontecer. Contudo, qual a real importância dos Jogos Olímpicos para a sociedade? Podemos dizer, de forma resumida, que estes são realizados há mais de 2 mil anos com o principal objetivo de estimular a competição sadia entre os povos dos cinco continentes, a par com a promoção da saúde do ser humano. Nesse sentido, este evento não estimula a união que, por sua vez, promove a paz? Acredito que sim!

Paz, Psicologia Positiva e Exercício Físico.

Com efeito, o esporte, de um modo geral, promove a paz social, e toda ativida física, de maneira individual, estimula o bem-estar de quem o pratica. Sim, existem formas e caminhos, assim como há uma ciência que estuda e pesquisa a felicidade, chamada Psicologia Positiva. Segundo estudos desta ciência, uma das melhores formas de nos tornarmos mais felizes é praticando atividades físicas, porque, como já foi dito, liberamos o hormônio do bem-estar.

Com mais de vinte anos trabalhando como *Personal Trainer*, posso afirmar e garantir: mais do que nunca, há uma grande necessidade dessa conscientização. Infelizmente, o mundo caminha para um número excessivo de obesidade, a qual desencadeia inúmeras outras doenças.

Já tive experiências de acompanhar mulheres com esclerose múltipla, e ver o sorriso nascer no rosto delas novamente, pela sua melhoria acentuada, com o tempo. Em alguns casos, inclusive, os filhos começaram a acompanhar as mães nas corridas, de tão felizes que ficaram. Ou seja, foi gerada uma mudança considerável no seio destas famílias. Também já acompanhei mulheres que haviam desistido delas mesmas. Com o passar do tempo, com exercícios regulares, acompanhados de uma alimentação saudável, recuperaram a autoestima. Não é só uma questão de estética, é muito além disso, é de saúde!

Atividade Física Traz Felicidade

A boa notícia é que, mesmo que a pessoa não tenha tempo, não existe a necessidade de atividades físicas de longa duração, hoje, quando tudo pode ser adaptável ao ritmo de vida de cada um. De acordo com um estudo feito por investigadores da *Universidade de Michigan*, nos Estados Unidos, ficou comprovado que a atividade física, ainda que em pequenas quantidades, contribui sobremaneira para a felicidade. Isso não é fantástico? Por incrível que pareça, de acordo com pesquisadores, as pessoas que treinam uma vez por semana ou apenas 10 minutos por dia, tendem a ser mais alegres do que aquelas que não se exercitam de forma alguma.

Mais, deve-se considerar o quanto a atividade física pode gerar um grande efeito no tratamento da depressão. Eu sou a prova disto. E, com mais de vinte anos de experiência, já vi muitas outras mulheres obterem uma melhoria significativa de estágios fortes de depressão devido ao exercício físico. Especialmente para estes casos, exercitando ao ar livre, por exemplo, em parques urbanos ou florestais, pois tal prática potencializa uma maior oxigenação no cérebro, a natureza propiciando ainda o exercício da contemplação.

Vamos partir do pressuposto de que a paz começa dentro de nós. Pois bem, quando fazemos atividade física, são liberados os hormônios da felicidade, do bem-estar. Automaticamente, se estamos felizes e de bem com nós mesmos, nos sentimos em paz, ao mesmo tempo em que promovemos a paz aos que estão ao nosso redor. Pode acreditar, nossa família são os primeiros beneficiados.

De acordo com estudiosos da área, existem duas substâncias químicas relacionadas ao estado de bem-estar: o Cortisol e as Endorfinas. O primeiro hormônio aqui citado, se for produzido de forma excessiva — o que é bem comum em situações de estresse — pode desencadear inúmeros efeitos negativos em nosso organismo. Desta forma, a atividade física contribui para a diminuição dos níveis de Cortisol. As Endorfinas, por sua vez, por mais incrível que pareça, são uma espécie de 'analgésico natural' e podem ser geradas pela simples prática de exercício físico. O que acontece também com a Serotonina e a Dopamina, que são fortes neurotransmissores capazes de contribuir na redução do estresse e da ansiedade.

Cada vez mais, a constância e os hábitos roti-neiros do nosso cotidiano têm sido levados em consideração. Valendo a pena destacar que Martin Seligman, o pai da já referida Psicologia Positiva, tem frisado o quanto é fundamental que as pessoas vivenciem boas emoções, capazes de desencadear o bem-estar interno e o ânimo perante a vida. Porém, é mais saudável que sejam feitas em doses menores e mais frequentes, do que em concentradas dosagens consequentes de acontecimentos mirabolantes e raros. – Esta é a grande vantagem das atividades físicas regulares, elas geram 'pequenas quantidades' de emoções positivas no corpo e na vida de seus praticantes!

Atividade Física ao Ar Livre Promove a Contemplação.

Como já foi referido, sempre incentivo a prática de exercício físico ao ar livre. Ela é uma forma de promover a contemplação à natureza que, por sua vez, nos ajuda a desacelerar e a encontrar paz interior. Além de, obviamente, nos propiciar o hábito de apreciar a beleza ao nosso redor e de nos conectar com a natureza. Ela nos concentra no momento presente. Isso conta muito, pois, na correria da vida moderna, as pessoas estão sempre vivendo na preocupação dos seus próximos passos e acabam não usufruindo da beleza de cada momento. Nesse sentido, a contemplação nos ajuda a lidar com o estresse e a ansiedade diários.

Existem diversas formas de contemplação, como meditação e Ioga, caminhadas na natureza, e até mesmo observar o céu. O importante é reservarmos um tempo em nossa rotina para esta 'arte' humana e colher seus benefícios.

Será Que Existem Medidas Para Difundir a Cultura de Paz no Cotidiano?

Parece que sim, tais como: respeitar a vida; rejeitar a violência; ser generoso; ouvir para compreender; preservar o planeta; redescobrir a solidariedade. Ao meu entender, a prática de exercício físico atua em todas as medidas citadas. Cuidar de seu corpo é uma forma de gratidão, de respeitar a vida que habita nele. Estudos de diversas áreas comprovam que práticas esportivas também são usadas como medidas preventivas de violência, especialmente a adolescentes.

O hormônio do bem-estar nos deixa sempre mais gerenerosos e harmônicos, pode acreditar. Ao ficar mais tranquila e feliz, a pessoa que pratica exercício físico com regularidade tem mais disposição para ouvir e compreender os demais.

São inúmeras as maratonas em prol da preservação do planeta, o que comprova que os profissionais desta área, os *Personal Trainers*, sempre conscientizam seus clientes e os incentivam a cuidar dos parques ou das praias por onde correm ou caminham, por exemplo. E, obviamente, pesssoas mais felizes são mais solidárias.

Ou seja, a prática de exercício físico possibilita muito mais do que se possa imaginar. Em última instância, promove o bem-estar social, o que contribui com a paz.

Agora que você já sabe o quanto é importante, plante essa 'semente' em sua vida, em sua casa, em sua rotina. Cuide de você! Esteja bem com você mesmo. PROMOVA A PAZ!

Fabiana Oliveira é natural de Goiás e vive em Londres há mais de 15 anos. É *Personal Trainer* especializada, com mais de vinte anos de experiência.

Tem formação em Educação Física e Fisiologia do Exercício (Brasil), Personal Trainer e Nutritional Adviser certificada pela National Academy of Sports Medicine (NASM, Inglaterra), e neste momento faz uma especialização em Emagrecimento e Obesidade pela PT/Academy (Inglaterra).

Foi a Fundadora do Programa BODYMINDSOUL, o qual ajuda mulheres de todo o mundo a alcançar o corpo que desejam, a saúde e a fazerem mudanças de hábitos para a vida toda. Nas palavras da própria, "Para estarmos saudáveis, é necessário conectar estas três áreas: CORPO, MENTE E ESPÍRITO. Tal prática alinha a expectativa e realidade de cada uma, com motivação, de maneira coletiva ou individualizada. Reduzindo, desta forma, os riscos de lesões."

Fabiana acredita que cuidar do bem-estar de vidas e famílias é a sua forma, de plantar sementes de paz no mundo!

CAPÍTULO 23
O FUTEBOL COMO VEÍCULO DE PAZ

Ilustração: <LOPEZ, Ronaldo>

Por Marcos Falopa

O FUTEBOL COMO VEÍCULO DE PAZ

 um privilégio para mim, como treinador de futebol e escritor, participar da Coletânea *Sementes de Paz*. Certamente, a paz é o dom prioritário na vida de todos, e o futebol como entretenimento é motivo de alegria, e tem proporcionado a paz em diversas situações, como podemos ver a seguir.

A Guerra de Biafra

Um fato clássico e marcante, conhecido na história do futebol, foi a suspensão do conflito conhecido como **Guerra de Biafra, em 1969**, para que um jogo do Santos FC, com o Pelé, fosse possível. Na época, a Nigéria sofria uma guerra civil, para separação da região que deu origem a Biafra, e o Santos FC que fazia uma excursão pela África, recebeu um convite para jogar lá. Para que o Santos FC pudesse chegar e jogar com segurança no estádio Beni City, o conflito foi interrompido, o que permitiu que as pessoas pudessem ver o Rei Pelé. Após a saída do Santos FC, infelizmente a guerra voltou. Esse fato foi confirmado pelos ex-jogadores do Santos FC, que estavam nessa excursão, Edu e Lima durante entrevista na Live esportiva do Instagram @marcosfalopa, "Top Talking".

Durante minha carreira como Treinador e Diretor Técnico em diversos países do mundo, presenciei inúmeras vezes o futebol como elemento de paz e bem-estar entre os povos. A seguir, conto mais alguns desse fatos que me marcaram muito.

A Revolução Laranja

Em 2008, era Diretor Técnico e Treinador da Seleção Nacional de Mianmar, um país sob forte regime militar, que passava pela **Revolução Laranja**, com o povo cerceado de manifestar seus mais básicos sentimentos. Contudo, explodiu em alegria após termos sido campeões da Copa do Sudeste da Ásia – *Challange Cup*, trazendo, por um período, mais esperança e confiança àquele povo.

Um Desarmamento em Nome do Futebol

No Iraque, em 2011, como Instrutor Técnico da FIFA, fui desenvolver o futebol e formar treinadores para a Federação Iraquiana de Futebol. Durante esse período, houve o jogo das Seleções do Iraque vs Palestina, no Estádio de Erbil. Fomos com os alunos treinadores assistir à partida e analisá-la. Dentro e fora do estádio, havia inúmeros soldados americanos armados e com as armas preparadas para qualquer eventualidade, em posição de atenção, mesmo com a partida em andamento. Após uns vinte minutos do início da partida, vi os soldados irem abaixando as armas até colocá-las apoiadas no chão, e um comandante deles falou comigo, com um sorriso nos lábios: **"Interessante, o futebol é de paz!"**. Realmente no futebol, as pessoas se confraternizam, na maioria das vezes.

Inserção Social aos Refugiados

Na Itália, tive uma experiência muito interessante: desenvolvi um projeto social para os refugiados africanos, ao qual demos o nome de "Jabulani". Na Copa do Mundo da África do Sul de 2010, a bola da Copa era Jabulani, nome dado pela FIFA, daí o nome do projeto. Esse projeto, que até é elogiado pela FIFA, se desenvolveu na Região Lazio, com o objetivo de promover a inserção social dos refugiados por meio do futebol.

Os refugiados africanos que chegavam ao porto de Lampeduza no sul da Itália após mais de vinte horas em barcos à deriva no Mar Mediterrâneo, na maioria das vezes, sem água, sem comida, com muito frio, etc., em barcos com excesso de pessoas. Eram provenientes, principalmente, da Tunísia, Líbia, Nigéria, Guiné, Senegal, Etiópia e Costa do Marfim. Observei durante os treinamentos físicos e técnicos, que eles, que exerciam diversas profissões nos países de origem, haviam perdido a coordenação motora, provavelmente pelas duras situações passadas nos próprios países, e para escapar em alto mar. Com o meu trabalho, observei que houve grande melhora deles na sociabilidade e na parte física. **O projeto trouxe um pouco da paz que eles procuravam**.

O futebol, e o esporte em geral, tem potencialidade para atrair apaixonados, sejam crianças, jovens e adultos, de diferentes crenças, raças e classes econômicas para um único objetivo, para a confraternização, o prazer, a paixão e o divertimento. É um elemento muito importante levando, não só ao desenvolvimento físico, técnico e social, mas ao aprendizado de convivência em sociedade, proporcionando o lazer e a paz.

Marcos Falopa. Como Diretor Técnico e Treinador de Futebol, com formação CBF e UEFA Pro, tem mais de 40 anos de experiência no futebol brasileiro e no futebol internacional, em Clubes e Seleções Nacionais.

Atualmente, coordena Academias de Futebol, desenvolve jovens talentos, ministra Cursos para Treinadores, participa de programas de atualizações da UEFA e, através de meios digitais, dirige programa de Futebol online (Live) nacional e internacional, com experts de Futebol, todas as terças-feiras às 16h, horário de Brasília, através do Instagram: @marcosfalopa.

Recentemente, lançou um livro bilingue Português-Inglês *O Jeito Brasileiro de Jogar Futebol*, com a abertura e mensagem do Rei Pelé e prefácio de Carlos Alberto Parreira. Esse livro é recomendado pela FIFA e UEFA e tem os brasileiros Campeões do Mundo. A primeira edição do livro, em Inglês, foi lançada no Estádio de Wembley, Londres, em 1999.

Instrutor Técnico da FIFA por cerca de 20 anos, iniciou a carreira de treinador nas divisões de base, estagiando na Portuguesa de Desportes com o treinador Otto Gloria.

No Brasil, trabalhou na série A e outras divisões, na base e profissional: no Santos FC (Supervisor Profissional) SE Palmeiras, Ponte Preta, São Paulo FC (Observador Técnico da Base), Marilia, Penápolis, União de Mogi, etc. Com a Seleção de Master do Brasil - com Pelé, Edu, Clodoaldo, Rivelino, Jairzinho, Ado e outros, foi auxiliar técnico, treinou e disputou o Mundialito (Copa Pelé) de 1986/87.

No exterior, trabalhou com as Seleções Nacionais da África do Sul, Omã, Mianmar e diversas Seleções Nacionais no Caribe; além de ter sido treinador, também, de clubes da primeira divisão no Japão, Camarões e Índia e desenvolveu programas de futebol nos EUA, México, Trinidad & Tobago, Cuba, Japão.

Trabalhou com futebol em todos os países e locais de língua portuguesa no mundo, ministrando Cursos pela FIFA e pela CAF – Confederação Africana de Futebol, desenvolvendo o futebol e participando de Conferências e Campeonatos: Portugal, Brasil, Cabo Verde, Moçambique, Angola, São Tomé e Príncipe, Guiné Bissau, Timor Leste e Goa. Convidado pela Universidade de Brasília, foi Instrutor Técnico e Professor, para Treinadores, na Escola Internacional de Futebol dos Países de Língua Portuguesa, junto com o tricampeão do mundo Carlos Alberto Torres: Moçambique, Angola, Timor Leste, etc.

Tem ministrado Cursos e Conferencias Internacionais de Futebol pela CBF, FIFA, CAF, CONCACAF e para diversas Federações no exterior, inclusive para a FA na Inglaterra e Escócia.

Esteve em 9 (nove) Copas do Mundo como parte do Grupo de Estudos Técnicos pela FIFA /CONCACAF, e em mais de 100 países desenvolvendo o futebol.

Falopa acretida na paz por meio do esporte!

CAPÍTULO 24

PAZ, NOSSA CÉLULA NATA!

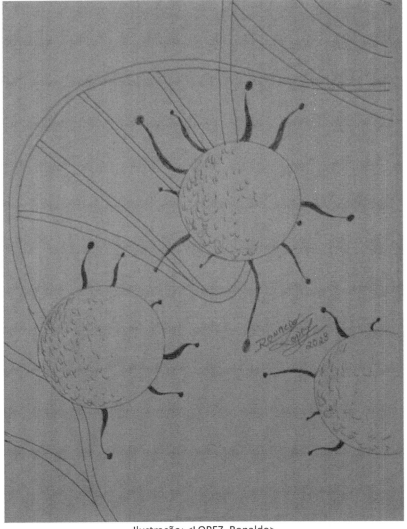

Ilustração: <LOPEZ, Ronaldo>

Por Cris Santos

PAZ, NOSSA CÉLULA NATA!

A paz é uma célula que existe dentro de nós. E todas as vezes que fecharmos os olhos e respirarmos fundo, ela poderá ser acionada. Está diretamente ligada à consciência. Muitas vezes, quando a palavra paz é mencionada, automaticamente relacionamos e, com a nossa imaginação, nos projetamos a diversos cenários: um ambiente paradisíaco, que poderá ser uma praia com o azul de sua imensidão; uma areia fina e macia e um sol com temperatura agradável; ou uma bela cachoeira, o verde da mata e o canto dos pássaros.

De fato, isso nos faz sentir paz. Portanto, quando se está em paz e tem-se a consciência de que tudo está resolvido, entre você e o outro e consigo mesmo(a), com sua história, com suas raízes e com seu agora, sem dúvida alguma você não precisará mudar de ambiente para encontrar essa paz.

Você poderá estar em meio a uma guerra e encontrá-la aí bem dentro de você. A verdadeira paz excede todo o entendimento. Quando a acionamos dentro de nós, somos capazes de transformar ambientes.

Seja você a SEMENTE DE PAZ que deseja para o nosso mundo.

Cris Santos é natural de São Paulo e vive em Londres com sua filha desde 2019. É autora, escritora, Coach e Mentora para mulheres, com foco em seus estudos de Psicologia Positiva.

É dançarina e bailarina por paixão, tendo dedicado ao Ballet parte de sua infância e adolescência.

Hoje, com o projeto "Dança Terapia", ela usa todos o seu conhecimento para trabalhar a autoestima de mulheres, trazendo leveza e amor próprio, por meio da dança e da Psicologia Positiva.

CAPÍTULO 25

A PAZ E A EXISTÊNCIA HUMANA

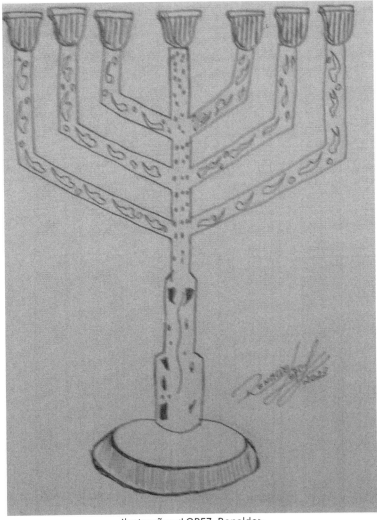

Ilustração: <LOPEZ, Ronaldo>

Por Alexandre Parreira

A PAZ E A EXISTÊNCIA HUMANA

AZ, uma palavra tão pequena e que representa o que há de mais sublime na existência humana. Tão desejada quanto ausente mundo afora. Tema de tantas músicas, livros e filmes. Ainda assim, tanta gente morrendo, ou vivendo uma vida de miséria, sem expectativa, à margem da sociedade.

De acordo com o senso comum, pelo menos no ocidente, paz significa ausência de conflito ou ausência de guerra. Mas, e se paz significar muito mais? Neste artigo, eu quero falar sobre um ponto de vista, que certamente vai agregar, trazer uma nova luz e potencializar cada um dos textos apresentados nesta obra. Trata-se do conceito de paz no idioma hebraico, cuja palavra é **shalom,** e possui um significado bem mais amplo do que estamos acostumados.

A raiz da palavra shalom é shalem (salém), que significa plenitude, completude, prosperidade, bem-estar, saúde e tranquilidade. Para entendermos melhor, vamos contextualizá-la na cultura judaica.

Essa palavra se tornou tão importante que é usada como cumprimento, saudação ou despedida, correspondendo ao nosso "olá", ou "até mais". É o desejo mais nobre que podemos ter para com outro ser humano.

Para percebermos seu significado, um bom ponto de partida é a Tanah, a Bíblia judaica, que compreende os livros da Torá (os cinco primeiros da Bíblia), os escritos e os profetas. Ou seja, é o que conhecemos como o Velho Testamento.

Apenas em Êxodos, nos capítulos 22 e 23, essa palavra aparece quatorze vezes. O contexto é sobre Moisés instruindo o povo em casos onde alguma pessoa sofria danos (inclusive perdas materiais e roubos). A ideia central é que nesses casos, a vítima também perde a sua paz e já não se sente mais completa e a reparação do dano se torna necessária. Nesses capítulos, são utlizados termos como "fazer o bem", "restituir" e "certamente pagará". Com a restituição, a vítima não apenas recebia suas coisas de volta, mas principalmente recebia um senso de completude interior. Promover a paz significa reparar as injustiças feitas. Não basta pedir perdão, mas é preciso restituir o que foi roubado.

Shalom também significa boa saúde e bem-estar (Gênesis 43:27,28). Paz parte do pressuposto que as pessoas estejam bem. Mesmo que um país não esteja em guerra ou conflitos diplomáticos, mas a sua população passa fome ou não possui acesso à saúde, o sentimento geral da nação será de uma ausência de paz. Nesse aspecto, um prato de comida, uma cesta básica, um medicamento ou até mesmo o pagamento de um curso profissionalizante são exemplos de ações que nos tornam agentes da paz.

Tenho um amigo que era empresário e um dia conheceu a realidade dos lugares mais pobres do nordeste brasileiro. Ele vendeu tudo o que tinha, comprou uma terra, em uma cidade chamada Pão de Açucar no estado de Alagoas, que possui um dos IDH´s mais baixos do planeta. Nessa cidade, ele e sua família fundaram a OCIP ("ProFor Missão Nordeste") que é focada em educação e melhoria de vida. Eles já construíram a primeira escola e o primeiro posto de saúde do local. Também levaram cursos profissionalizan-tes. Felizmente, na região há muitas famílias que hoje têm o pão na mesa devido às cestas básicas que eles distribuem. Também cavaram poços, construíram banheiros nas casas e fizeram muitas benfeitorias.

Entretanto, o mais chocante, segundo Domício e sua esposa Ana Diva (os fundadores) é que em seus primeiros anos no local, ao perguntarem para as crianças o que queriam ser quando crescessem, elas apenas os fitavam com os olhinhos vazios e sem nenhuma resposta. Elas não tinham esperança alguma e, sequer, sabiam que podiam sonhar com um futuro. O trabalho deles mudou aquela situação. O cenário atual é que agora as crianças possuem sonhos. Muitas querem se tornar professores ou ter outras profissões. Veja que eles não têm uma pretensão pela paz mundial, mas podemos dizer que o Profor Missão Nordeste tem levado a paz, à medida que restitui sonhos e esperança roubadas daquele povo tão sofrido.

Na cultura ocidental, paz sempre está relacionada a um estado de espírito, porém, no hebraico, shalom vai além, pois também remete a valores como equidade, lealdade, verdade e retidão (Zacarias 8:16 e Malaquias 2:6). Somos pessoas de paz quando os nossos valores centrais estão alinhados para produzir o bem ao próximo.

Em vários outros textos, shalom fala sobre relacionamentos, seja entre pais e filhos, casais ou entre amigos, em geral.

Na cultura judaica, um lar é conhecido como *"mikdash me'at"*, que significa "pequeno santuário". É como se o lar fosse uma pequena réplica do templo. O sentido é cultivar a paz entre a família, a tal ponto que, ainda se o "mundo estiver desmoronando", haverá segurança para os membros da família, um lugar de plenitude. Famílias de paz formam uma sociedade feliz e plena.

Nos antigos tratados rabínicos, apesar da ênfase na graça e na ação divina, a palavra shalom era primariamente retratada como um valor ligado à ética e à responsabilidade. Para eles, buscar a paz deve ser uma meta de cada indivíduo, bem como das estruturas e regulações sociais. O Rabino Paulo escreveu: "se possível, quando depender de vós, tende paz com todos os homens (Romanos 12:18)". Aqui entra um dos ensinos centrais de Jesus, que é a respeito do perdão. Aprender a pedir perdão e, principalmente a perdoar, mesmo quando estamos com a razão, é essencial para proteger relacionamentos e cultivar a paz. Um sábio disse que não perdoar é similar a beber um veneno mortal e torcer para a outra pessoa morrer.

De forma central e consistente, a Bíblia ensina que a justiça traz a paz. No livro de Gênesis há uma figura enigmática chamada Melquisedeque, que era Rei de uma cidade chamada Salém. A palavra Melquisedeque significa "Rei de Justiça" e Salém, como já falamos, significa paz. Por ser um emblema de justiça, o reino de Melquisedeque era um reino de **Paz**, por definição. O próprio Evangelho de Jesus Cristo é construído em cima desse conceito. Devido a isso, Paulo também escreveu que se temos fé em Deus, recebemos a justiça e por meio da justiça, alcançamos a paz (Romanos 5:1). Ele também diz que a Paz de Deus excede todo o entendimento (Filipenses 4:7).

Fica bastante razoável entendermos que não podemos *terceirizar* a paz ou culparmos os outros pela ausência da mesma. Temos sim, que exigir dos governantes e das instituições, que façam o que lhes é suposto. Porém devemos perceber que a paz começa com cada um de nós, com nossos valores, com nossa fé. E, principalmente e acima de tudo, com nossas atitudes diárias em relação às pessoas à nossa volta.

Seria a palavra egoísmo o antônimo de paz? O reverendo Martin Luther King Jr. captou bem a essência quando disse: "Paz não é meramente a ausência de uma força negativa como guerra, tensão e confusão, mas é a presença de uma força positiva traduzida como justiça, boa vontade e Reino de Deus". Para finalizar, faço minha, a conclusão do teólogo Cornelius Plantiga: "Shalom, em outras palavras, é o jeito que as coisas deveriam ser".

Alexandre Parreira

Engenheiro de Software de formação, com mais de 20 anos de experiência na área, inclusive internacional. Porém, desde sempre apaixonado pela forma como as palavras podem se juntar para fazer a mágica de emocionar, fazer o leitor viajar ou transferir conhecimentos.

Apesar da dedicação à área de exatas, sempre manteve o latente desejo de escrever e após anos de sonho e ensaios, decidiu começar, criando obras de não ficção, sobre temas espirituais. Estes, baseados nas raízes judaicas da fé, resgatando a verdade, muito além da religião, e explorando temas como recompensas eternas e Reino de Deus. Falar sobre "Paz" veio ao encontro, pois além de ser um anseio de todos, encaixa muito bem com os seus principais temas.

CAPÍTULO 26

PAZ À LUZ DA BÍBLIA

Ilustração: <LOPEZ, Ronaldo>

Por Patrícia Veloso

PAZ À LUZ DA BÍBLIA

"Eu disse essas coisas para que em mim vocês tenham paz. Neste mundo vocês terão aflições; contudo, tenham ânimo! Eu venci o mundo." (João 16:33)

 com este versículo que quero começar a falar sobre a paz. Paz que alcançamos em Deus. A verdade é que Jesus, há mais de dois mil anos, nas suas escrituras, já tinha nos dito que nesse mundo, onde eu e você nos encontramos, teríamos tantas adversidades, tantas lutas, dias ruins. Notícia triste e desesperadora. Pois, como manter a paz, no meio do caos em que vivemos?

Certamente, essa não é uma tarefa tão fácil assim, principalmente, devido ao fato de muitas pessoas sofrerem com ansiedade, depressão, medo, pânico, e tantas outras coisas ligadas a preconceitos e hábitos mentais que nos impedem de ver o mundo como ele é e de relacionar com os outros como nossos semelhantes. Precisamos desenvolver empatia, respeito e bondade conosco e com os outros, independentemente de nossas diferenças.

O versículo a seguir aponta sobre a ansiedade e mostra como devemos guardar nosso coração e mente:

"Não andem ansiosos por coisa alguma, mas em tudo, pela oração e súplicas, e com ação de graças, apresentem seus pedidos a Deus. E a paz de Deus, que excede todo o entendimento, guardará o coração e a mente de vocês em Cristo Jesus." (Filipenses 4:6-7)

O conflito que geramos dentro de nós tem um caminho pelo qual ele veio, seja pelas redes sociais, pela televisão, por uma conversa entre amigos, por um parente, no seu local de trabalho. Vemos, também, conflitos e guerras ocorrendo em todo o mundo, crises humanitárias se desenrolando e sociedades dilaceradas por tensões políticas, étnicas ou religiosas. Manter a paz pode parecer uma tarefa impossível. No entanto, é essencial que o façamos, para o bem da nossa própria sobrevivência e bem-estar, bem como das gerações futuras.

Diálogo, Perdão e Reconciliação

Poderia listar aqui algumas maneiras pelas quais podemos trabalhar para manter a paz em um mundo caótico, assim fazendo nossa parte, cooperando, para que possamos ter essa paz interior que *Jesus* nos fala.

Uma das formas mais eficazes de prevenir conflitos e violência é promover o diálogo e o entendimento entre diferentes comunidades. Precisamos criar espaços onde as pessoas possam se reunir, compartilhar suas histórias, e ouvir as perspectivas uns dos outros. Ao fazer isso, podemos derrubar os muros do medo e da desconfiança que muitas vezes levam à violência e ao conflito. É um bom princípio que podemos praticar diariamente nos nossos relacionamentos.

O diálogo é uma ferramenta importantíssima, mas que tem se perdido ao longo dos tempos, principalmente com a era tecnológica e das redes sociais. Socializar-se, para muitas pessoas, não é algo mais tão importante assim, afinal, eles têm uma tela que faz a separação entre o mundo virtual e o real, fazendo com que muitos fiquem mais isolados, e não tendo interesse em estar em comunidade ou com mais alguém. Por isso, ao meu ver, precisamos promover o diálogo, o perdão e a reconciliação, ao invés da violência, e do ódio e da vingança. O diálogo nos relaciona- mentos é uma grande chave para que possamos viver em um mundo melhor, sem tantos conflitos gerados por nós mesmo.

Compreensão, Respeito e Tolerância

Para evitar o surgimento desses conflitos, precisamos também olhar para o desenvolvimento econômico e social do mundo. Quanto se trata da pobreza, a desigualdade e a exclusão social são muitas vezes as causas profundas dos conflitos e da violência, especialmente em áreas propensas a eles.

Penso que é nosso dever investir em educação, saúde e infraestruturas, criando oportunidades para que as pessoas consigam ter uma vida decente e participem de suas comunidades. Ao instruirmos as pessoas nesse sentido, elas ganham conhecimento sobre a importância da compreensão, do respeito e da tolerância, e, com isso, podemos ajudar a criar um mundo mais pacífico e harmonioso. A educação, como citado acima, também pode ajudar a promover o pensamento crítico e as habilidades de resolução de problemas, que são essenciais para dissolver conflitos e construir uma sociedade mais pacífica.

Em sua essência, a paz é criar um mundo onde as pessoas possam viver juntas em harmonia, sem medo de violência ou opressão. Trata-se de criar uma sociedade na qual as pessoas possam expressar suas opiniões livremente, sem medo de perseguições ou represálias. Trata-se de construir um mundo onde as pessoas possam trabalhar juntas para resolver problemas e criar um futuro melhor para elas mesmas, bem como para suas comunidades.

Alcançar a paz não é uma tarefa fácil, pois requer a cooperação e colaboração de indivíduos, comunidades e nações. Requer disposição para ouvir os outros, estar aberto a novas ideias e trabalhar em conjunto para encontrar um acordo comum. Também requer um compromisso com a justiça, a igualdade e os direitos humanos, pois estes são a base de um campo sólido para equilibrar esse mundo caótico onde vivemos. Ao trabalharmos juntos para promover a paz, podemos criar um mundo melhor para nós e para as gerações futuras, caracterizado pela harmonia, respeito e compreensão.

Gratidão e Contentamento

Se temos essa poderosa chave em nossas mãos, uma das maneiras que devemos colocar em prática é o ato de sermos gratos. Gratidão é um modo simples, mas poderoso, de encontrar a paz dentro de nós mesmos. Envolve focar nossa atenção nas coisas pelas quais somos gratos em nossas vidas, como nossa saúde, relacionamentos ou realizações. Ao fazer isso, podemos mudar nosso foco, do que nos falta para o que temos, cultivando uma sensação de abundância e contentamento. Nossa tendência é sempre focar nas coisas que nos faltam, naquilo que não conseguimos obter, naquilo que não conseguimos construir, seja no âmbito profissional ou familiar. E, com isso, a frustração vem, aqui sendo importante não deixar que essa ingratidão se perpetue e crie raízes de descontentamento.

Uma outra maneira que também pode contribuir para a nossa paz, é fortalecer nosso relacionamento com os outros, expressando nossa gratidão a eles e permitindo a eles saberem o quanto são importantes para nós. Sejam seus parentes ou amigos, todos aqueles que você julga importantes na sua vida. Tenha gratidão por essas convivências e as cultive.

O versículo abaixo faz menção desse segredo de viver contente:

"Não estou dizendo isso porque esteja necessitado, pois aprendi a adaptar-me a toda e qualquer circunstância. Sei o que é passar necessidade e sei o que é ter fartura. Aprendi o segredo de viver contente em toda e qualquer situação, seja bem alimentado, seja com fome, tendo muito, ou passando necessidade. Tudo posso naquele que me fortalece." (Filipenses 4:11-13)

Podemos todas as coisas em Cristo Jesus, pois ele é quem fortalece você e eu, e a todos que queiram mais de Deus. Para mim, a paz é uma palavra que carrega esse peso e importância. É algo pelo qual todos nos esforçamos, mas pode parecer tão evasivo, às vezes. Mas, a paz não é apenas a ausência de conflito ou guerra. É um estado de ser, uma forma de viver. Trata-se de encontrar harmonia dentro de nós mesmos e com aqueles que nos rodeiam. Quando vivemos em paz, criamos um mundo mais compassivo, mais compreensivo e mais amoroso.

Portanto, vamos todos trabalhar pela paz, em nossas próprias vidas, dentro das nossas casas, dentro do nosso círculo de amizade, no campo de trabalho, onde você estiver inserido e no mundo em geral. Sejamos agentes transformadores de mudança, espalhando amor e positividade por onde passarmos. Pois somente por meio da paz podemos, realmente, prosperar e criar um futuro melhor para nós mesmos e para as gerações vindouras.

Embora alguns de nós possam ter acesso ao luxo, riquezas, bens materiais, este tipo de conquistas podem trazer uma falsa paz dentro de nós. A verdade é que a paz não é um luxo, é uma necessidade para nossa sobrevivência e bem-estar. Não é um estado passivo, é um processo ativo que requer nossa atenção e esforço constantes. Não é uma conquista individual, é uma responsabilidade coletiva que envolve todos nós. Vamos, então, abraçar a visão da paz com coragem, sabedoria e compaixão, e trabalhar juntos para criar um mundo baseado nela, com justiça e sustentabilidade, tão essenciais para o bem-estar e a felicidade dos indivíduos, comunidades e nações. A busca pela Paz tem sido um objetivo central da civilização humana por milhares de anos e continua a ser no mundo moderno! O versículo seguinte expressa essa poderosa arma: precisamos ser agentes transformadores!

"Por isso, esforcemo-nos em promover tudo quanto conduz à paz e à edificação mútua." (Romanos 14:19)

Espero que esse capítulo venha edificar você, meu querido leitor, que está agora refletindo sobre a paz, que tanto queremos para esse mundo, mas que, na verdade, só Jesus, pode nos dar. Só ele pode nos dar essa paz interior, a qual muitos estão à procura. Seja edificado por essa leitura e encontre seu caminho de paz!

Patricia Santos Veloso é cristã, apaixonada por Jesus , tem 39 anos e mora na Inglaterra há 21 anos. É casada com Samuel Veloso com quem tem 4 filhos. É apaixonada por moda e pela Arte.

É formada em *Fashion Business* pela escola de Moda Denise Aguiar de Belo Horizonte e CEO da www.patriciavelsobrand.com, marca de roupas femininas que desenvolveu no ano de 2021.

Patrícia acredita na paz por meio do cumprimento de nossos dons e talentos da na Terra!

CAPÍTULO 27

A PAZ, A LIBERDADE DE SER EU E A LEVEZA DO SER

Ilustração: <LOPEZ, Ronaldo>

Por Adriana Strella

A PAZ, A LIBERDADE DE SER EU E A LEVEZA DO SER

 Paz interior é um estado de calma mental e emocional, no qual experimentamos uma sensação de tranquilidade, contentamento e harmonia conosco e com o mundo ao nosso redor. A paz interior não é ausência de conflito ou estresse, mas sim uma sensação de serenidade que podemos experimentar, mesmo diante de situações difíceis e de desafios.

Para alcançarmos a paz de espírito, é preciso cultivarmos um senso de atenção plena, autoconsciência e aceitação de nós mesmos e do estado presente. Isso envolve estarmos cientes de nossos pensamentos, emoções e sensações corporais, sem nos julgarmos ou termos resistência.

Além de eliminarmos o auto julgamento, é importante aprendermos a abandonar crenças e atitudes negativas que nos limitam e criam turbulência interna, causadoras de sofrimento emocional, tudo isso tira nossa paz interior. Ter paz interior é essencial para uma vida plena e feliz.

A paz interna é muito importante por nos ajudar a reduzir a ansiedade que, por sua vez, pode afetar a saúde física e mental. A paz interior também permite um aumento da autoconsciência e uma maior compreensão dos pensamentos, sentimentos e comportamentos. Tudo isso nos ajuda a tomar melhores decisões, além de contribuir positivamente em nossos relacionamentos.

De um modo geral, paz interior é crucial para o bem-estar e pode impactar positivamente em todos os aspectos de nossa vida. Quando prezamos nossa paz interior, temos uma maneira muito nossa de viver e estarmos bem na vida. Eu tenho meus critérios. Quem deseja a paz, procura primeiro a sua própria e, consequentemente, estará em paz com os outros. Pois ela também depende da maneira que somos íntegros conosco próprios.

Muito se fala sobre ter liberdade e paz, realizar sonhos, ser dono da própria vida. Porém, pode ser que muitas pessoas estejam estagnadas, sem conseguir dar um passo, por não valorizarem-se, e nem sequer saberem o que fazer em relação a isso. Eu diria que, a grosso modo, existem dois tipos de pessoas, as racionais e as emocionais. Estas analisam até a intuição que têm, quando precisam fazer uma escolha. Nós nascemos com a capacidade de sentir, e é, também, sentindo, que podemos saber o que está bem ou mal na nossa vida.

Quando a gente segue o que sente, não faz esforço mental, simplesmente vai no fluxo da vida e vive com leveza. A leveza do ser! Seria este um caminho de paz? É possível! Afinal, ter paz é também uma escolha.

Ninguém vai sentir necessidade de mudar, se estiver tudo bem. Porém, vale ressaltar, as pessoas que pensam muito correm o risco de ficar na zona de conforto. Por ficarem apegadas. Elas têm dificuldade de deixar ir, e soltar o que não serve mais. Será que tal atitude, em última instância, implica em nossa paz? Creio que sim! Pode observar: muitas pessoas reclamam não aguentarem mais ficar onde estão, e mesmo assim não se movem. A mente pode ser enganosa! Ela fantasia demais, ela cria cada história "do arco da velha" para nos deixar estagnados.

Eu tenho um lema, não faço nada que eu não sinta vontade de fazer, e não deixo de fazer o que minha intuição pede para fazer. Eu valorizo aquilo que eu sinto. Vejamos um exemplo: Alguém me pede para fazer algo que eu não sinto vontade de fazer, qual é a minha verdade? Em alguns casos, sinto que não devo fazer o que essa pessoa me pediu! Se eu me forçar a fazer para agradar, eu não estarei sendo eu de verdade, a minha verdade é que eu devo falar não, sem me sentir mal. Muitas pessoas vivem achando que devem agradar, mesmo que, para isso, tenham que agir contra a própria vontade. Pior, muitas das vezes, sem coerência com sua verdade. Pode acreditar, isso tira nossa paz!

Deus nos deu a capacidade de sentir, de ter emoções, para conservar nossa espécie, exatamente para nos protegermos daquilo que nos faz mal, e fazermos nossas escolhas. Se eu sinto que algo não me faz bem, é bom que eu não faça, se o lugar não me convém, ou percebo que alguma pessoa não deve ficar perto de mim, eu me afasto de ambos. Não acretido que valha a pena, mesmo sentindo que me faz mal, insistir em algo apenas para agradar os outros, pois, com isso, vou estar forçando a minha natureza. Vou afetar minha paz interior, minha saúde mental. Ninguém precisa ser quem não é, e nem se forçar a nada, não há leveza em viver assim.

Uma pessoa só pode ser livre quando não se deixa dominar apenas pela mente, nem por questões externas. A chave da felicidade está no sentir, se eu valorizo meus sentimentos e me respeito, eu sou íntegra comigo, e logo sou íntegra com os outros também. Eu não vou me forçar a nada. O autoconhecimento é muito importante para se viver bem e ser feliz, para preservar a paz interior.

Eu vou me levar pela vida, eu conheço minha verdade, meus limites, cada pessoa sabe como se sente. Quem vive na essência não se importa com o que os demais falam, porque entende que existe o "eu" pensante do outro que julga de acordo com suas crenças. Aliás, nem mesmo um conselho cheio de boa intenção vai ser, necessariamente, ouvido. Já fui muito cobrada e até taxada de "doida", impulsiva, por não pensar melhor mediante algumas decisões. Um traço que, quem já leu pelo menos um artigo meu, sabe que eu tenho, é que preciso sentir para decidir, para agir. Eu costumo dizer que eu não decido minha vida, quem decide é a minha voz interior, que eu chamo de centelha divina, é ela quem me guia. E nela também está minha direção de paz.

Então, escutar-se a si mesmo é isso. Liberdade é algo muito mais profundo, é viver na essência do ser e, ao mesmo tempo, desapegar até do próprio ser. O que é que te indica se algo está bem ou mal na sua vida? É a maneira como você se sente, ninguém começa a se sentir mal do nada, ninguém fica nervoso, ou triste do nada. Não tem mais nada em você que possa servir de base para saber o que serve ou não para sua vida, do que suas emoções, sua intuição, sua voz interior.

Ou seja, por meio de suas emoções, você po- poderá saber, por exemplo, se sua relação afetiva está indo bem ou não, se o seu trabalho está te fazendo bem ou não, se você tem uma amiga que está sugando sua energia. É o sentir que, também, te faz saber, é a partir de suas emoções que você percebe o que serve e não serve para sua vida. As pessoas racionais demais são apegadas. Se não fossem, elas não pensariam tanto. Para quê iriam pensar, se não houvesse a necessidade de avaliar perdas e ganhos? Não que isso não seja importante, mas desde que não interfira em nossa saúde mental e em nossa paz de espírito.

Pode ser que alguém com imensa necessidade de sair de onde está, não consiga pelo medo da perda. Com isso, deixa outras possibilidades passar, pelo receio de arriscar, de se abrir para o novo.

Ser livre é ter paz, e ter paz é não ser escravo da mente, nem do medo, é seguir o que sente sem receio de ser julgado.

Suas emocões só não te fazem bem, quando você acredita exclusivamente em seus pensamentos, quando você deixa de viver o agora, quando você é uma pessoa negativa e pessimista. Entenda, ao se deixar levar apenas pela mente, você pode ter crises de ansiedade, de estresse, e, repito, não há leveza em viver assim. Por isso, para muitas pessoas, viver parece ser um fardo, a ponto de, em alguns extremos, tirarem a própria vida. Muitas vezes, parece que a cabeça vai "explodir", com tantos pensamentos.

Ninguém sente antes de pensar, então domine sua mente!

Caro leitor, eu sugiro que você comece a fazer o exercício de se ouvir, prestar atenção em suas emoções. Caso esteja se sentindo mal em alguma área de sua vida, preste atenção no que a sua intuição te fala, também seria bom observar a qualidade dos seus pensamentos, o que eles estão te falando? Comece a observar a qualidade de seus dias, comece a criar a paz que deseja, em seu cotidiano!

ADRIANA STRELLA

Adriana Coelho (Adriana Strella), natural de Teófilo Otoni, Minas Gerais, Brasil, Tem 51 anos e vive em Portugal há vinte e dois anos. Escreve desde doze anos de idade. É Empreendedora, Ativista Quântica, Terapeuta do Sistema ATPP (Abordagem Transformação Programação do Pré-consciente), Mentora, Coach na Categoria Life e Self Formadora, Palestrante e Escritora, Doutora Honoris Causa em Comunicação Social, Psicanálisel e em Literatura. É palestrante certificada em Portugal.

Adriana Strella participou como Coautora no livro *Mentoring Coaching e Advice Humanizado ISOR*. e no livro *Somos Fodas*, É colunista da revista Conecta e das revistas britânicas blilíngues *High Profile Magazine* e Arts *Brazilian Association*. Pela *High Profile Magazine*, também, Adriana participou do concurso "Melhor Escritora Brasileira no Mundo", em 2023, alcançando lugar como uma das finalistas.

É Membra-fundadora da Academia Brasileira de Ciências Letras e Artes; Acadêmica Internacional na Federação Brasileira dos Acadêmicos das ciências, Letras e Artes e Academia Internacional de Literatura Brasileira.

SEMENTES DE PAZ

Adriana Recebeu o Título Honorífico De Embaixadora da Paz e é destaque Cultural Febacliano em 2022. Devido às suas experiências de infância, fez Formação em Coaching Infanto-Juvenil. Adriana compartilha suas experiências de vida no seu canal do YouTube: "Consciência e Evolução" Adriana Strella, seu pseudônimo desde a infância e também no seu instagram: @adrianastrellaoficial.

CAPÍTULO 28

O QUE É PAZ, AFINAL?

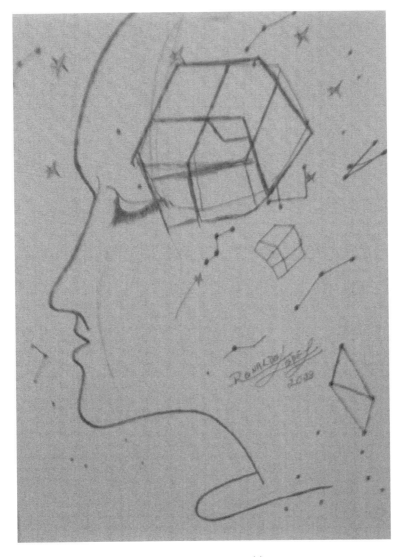

Iustração: <LOPEZ, Ronaldo>

Por Carla Martins

O QUE É PAZ, AFINAL?

erá possível falar de paz sem pensar na falta que ela nos faz, ou, ainda, o que nos traz paz? Em que momento nos permitimos estar em paz?

Penso que o primeiro passo para se buscar ou alcançar algo, é o questionamento. A paz ou a busca pela paz pode ser um bom começo. Entretanto, muitos acreditam que a paz nos leva a falar da guerra, na dicotomia guerra/paz.

Podemos pensar na paz de acordo com sua definição, ou seja, como sinônimo de calma e tranquilidade ou que a paz seja o contrário do estado de perturbação, desconfiança, e ainda da violência e da guerra.

Mas a paz não pode ser somente a ausência de guerra entre as nações. É, principalmente, buscar a serenidade dentro de nós, para que possamos viver os bons momentos da vida, ter força, fé, boas ideias para superar os problemas e seguir em frente, sem a necessidade de fugir.

Paz é cuidar do próximo, do ambiente no qual estamos inseridos, nos pequenos ou nos grandes detalhes do dia a dia, com harmonia, bem-estar e qualidade de vida. Sempre lembrando de que onde há paz, também lá, existe empatia, respeito e amor.

Quando vamos estudar, realizar um trabalho e necessitamos nos concentrar para assimilarmos o que estamos fazendo, percebemos o quanto é importante a tal paz interior. Essa paz interior pode ser a calma que sentimos, pois nos facilita o aprendizado e também a atingir os nossos objetivos. Estar tranquilo nos ajuda a silenciar o pensamento e a nos conectar com o nosso eu. A paz interior vem de assumir e respeitar escolhas, buscar a nossa capacidade de nos concentrarmos ao presente e sonharmos com o amanhã.

Sem paz, não conseguimos agir conscientemente em nossas funções ou até mesmo desenvolver o nosso verdadeiro potencial. Acreditar na paz auxilia a desenvolver estágios mentais mais abrangentes, saindo do desprezo, da baixa autoestima, guiando-nos no sentido da saúde emocional, tao importante a nossa sobrevivência psíquica.

A busca da paz interior nos faz ver que somos responsáveis por nossas escolhas, somos responsáveis em grande parte pelo nosso momento, pelo cuidado que nos damos, pela maturidade emocional que devemos buscar. Ter paz não é decorar uma cartilha e repeti-la todos os dias, **é compreender o que é vivenciado**.

Saber atingir esse estágio é um caminho para a paz.

Que a paz

Não seja fugas

Pois ao olharmos para trás

A emoção não se desfaz.

Sandra Carla Martins é Professora e Psicóloga, formada em Psicologia pela Universidade Luterana do Brasil, no RS, há mais de 20 anos. É psicóloga Licenciada no Brasil – CRP e Inglaterra - BACP - Member of British Association for Counselling and Psychotherapy.

Desde sua chegada a Londres, em 2006, atuou como psicóloga e psicoterapeuta, atendendo a comunidade de língua portuguesa, entre outras nacionalidades. Atualmente, seu trabalho está focado no atendimento online, tanto com a comunidade de língua portuguesa, que mora no Reino Unido e também em outros países, como também clientes de outras nacionalidades, ajudando seus pacientes nos diferentes processos de mudança, sejam elas internas ou externas.

Especialista em Dependência Química. Psicanalista em formação pela New England Institute of Psychoanalysis, em Boston, USA. Atua ainda como voluntaria para o SDK – Sons and Daughters of the King programa desenvolvido no Reino Unido para resgate e suporte terapêutico a mulheres vítimas e sobreviventes de abuso e violência doméstica. Cocriadora da Connect.on - Psicologia e Terapias Integradas com sedes em São Leopoldo, RS – Brasil, oferecendo atendimento psicoterapêutico a pessoas de diferentes faixas etárias, contando ainda com profissionais licenciados e de diferentes especialidades.

CAPÍTULO 29

SOUVENIR DE PAZ

Ilustração: <LOPEZ, Ronaldo>

Por Eliana Machado

SOUVENIR DE PAZ

A lembrança mais remota que tenho desta vida é o dia do meu nascimento. Haviam-me acostumado a uma temperatura agradavelmente constante, a um flutuar de carnes vivas, líquidos e mundos microscópicos interagindo com meu envelope. Haviam-me acostumado também ao som tamisado da voz do ser que me gerou.

Minha mãe me levava para conhecer lugares novos, e dentro do seu ventre eu podia sentir cada superfície que seus pés pisavam, se o solo era firme, áspero ou macio. Por intermédio dela, pude provar cada delícia terráquea, além de outros alimentos cuja origem ignorava, os quais, uma vez adulto, e utilizando meu livre- arbítrio, nunca mais voltaria a provar. Também ouvia o que ela ouvia: as óperas que seu esposo ensaiava uma e outra vez com zelo ímpar.

Ainda no casulo, pensava com certo receio que nascer seria o desafio mais relevante da minha nova vida. Uma vez fora, cada dia havia novos desafios a enfrentar, novas vozes para escutar, lugares para conhecer, mundos por desbravar. O terreno do jogo era sedutor e ao mesmo tempo hostil. Prestava-se mais à contemplação que ao atrevimento do contato. Ainda criança, observava os seres que o povoavam e acreditava que todos eles pensavam como eu pensava, que reagiriam como eu reagiria diante de determinada situação. Fui constatando que não era bem assim. Havia gente boa e havia gente má. Com mais idade, percebi que o conhecido ditado popular "pau que nasce torto morre torto" tinha sentido. As pessoas não mudam, apenas vão aprimorando e desenvolvendo o seu lado mais proeminente. Se nasceram com uma dose maior de boa índole, poderão se perder pelo caminho, mas a viagem seguirá seu rumo ainda que com uns minutos de atraso. Se nasceram com maior porção de má índole, poderão se perder uma e outra vez pela estrada da vida, o que lhes custará muito esforço para mudar de direção.

Um mundo que recebeu uma grande quantidade de almas de baixa vibração não pode propiciar uma vida de paz. Tal estado existe em nós de maneira fragmentada e, se quisermos fazê-lo perdurar uns segundos mais, devemos cessar todo tipo de atividade humana e reconectar-nos com nosso ser-luz interno, aquele que nos acompanha desde antes do nosso nascimento, aquele que nos reconecta com o Amor Incondicional.

Eliana Machado nasceu no Brasil, morou na Espanha e vive na França desde 1994. Formou-se em Línguas e Literaturas (espanhol, português e russo) na Universidade de São Paulo e doutorou-se em Literatura Espanhola na Universidade Nice Sophia-Antipolis. Leciona espanhol no Principado de Mônaco desde 1997.

Entre prosa e poesia, possui 8 títulos publicados em 4 idiomas. Recebeu a Menção honrosa no Concurso de Haicai de Toledo – Kenzo Takemori – 2018. O primeiro volume de sua saga de ficção científica, *Brasil: aventura interior*, foi publicado no Brasil pela Scortecci, em 2016; na Espanha pela editora barcelonesa Terra Ignota, em 2021, com o título *Los Elegidos*, e também nos Estados Unidos pela editora Underline Publishing, em maio de 2022, com o título *Os Abelhudos: cuidadores do universo*. Este primeiro volume recebeu em 2017 o Prêmio de Melhor Romance - Talentos Helvéticos Brasileiros III (Suíça). Em 2021 publicou o segundo tomo, *Alétheia : uma viagem no tempo*.

Recebeu numerosos reconhecimentos literários entre os quais o Prêmio Excelência Literária da União Hispano-mundial de Escritores (UHE) e o prêmio de Melhor Autor Estrangeiro da Union Internationale de la Presse Francophone (UPF) de Mônaco.

Em 2021, fez sua primeira exposição de pinturas durante o Festival de Outono Artes e Poesia no Castelo de Solliès-Pont, na França. Em 2022, expôs durante junho e julho no Atelier 27, em Grasse, suas pinturas reunidas "Alter Ego". Participou do projeto ARTSHOUT: Artists for Peace, em maio, expondo suas pinturas na Galeria do Circolo Italiano San Paolo e, em julho, na Espacio Gallery, em Londres.

Fez também a capa do livro: *Coros Mestizos del Inca Garcilazo, Resonancias Andinas* (Ed. Horizonte, 2023), José Antonio Mazzotti. Pintura: **Inca.**

CAPÍTULO 30

ANJOS DA PAZ

Ilustração: <LOPEZ, Ronaldo>

Por joão Fonseca

ANJOS DA PAZ

Tive uma infância feliz. Até fui demasiado protegido. Vivia no meu mundo. Entretanto, apercebi-me que a felicidade e paz de espírito envolvia viver em harmonia com situações normais da vida, problemas diários e contradições, próprias e alheias, inclusas. Mas, acabei por não reagir bem. Era um rapaz sossegado, sociável e com uma imaginação muito fértil. Não ficava preso em folias nem pensava muito em mim. Nem conhecia ou me prendia a vícios. Até os conhecer.

Às tantas, vi-me preocupado com o que os outros diziam, com o que os meus pais pensavam, a analisar tudo ao pormenor e, por fim, até às contrariedades do amor. Ai, o Amor... desde cedo criei uma relação de amor-ódio com ele. Achava que amar, sem sofrer por ele, não era amar. Tornei-me um viciado na adrenalina, e na dor, que ele causava. Não me imaginava a viver em paz com ele. Nem pensei, a longo prazo, no desgaste no sistema nervoso que isso pudesse causar, ou como seria viver nessa alerta constante, ou como seria isso numa relação a longo prazo e em família. E, com isso, os meus relacionamentos sempre duraram pouco tempo, e consumiam-me a mim e aos outros. Passei a viver num mundo conturbado, preso em pensamentos cíclicos, até necessitar de mudar de realidade, de ambiente, e de cidade.

Entretanto, descobri o tabaco, gostava do sentimento de anestesia que me dava por instantes. Era um momento só meu, relaxante e poderoso, que me fazia esquecer completamente por momentos a dor da vida. Era literalmente uma 'pausa' de tudo no meu mundo. Mas, rapidamente, esse sentimento foi desaparecendo, e cada vez fumava com mais regularidade. Comecei a procurar isso no Álcool. Já tinha tido contato com álcool em festas, mas não era a minha vida, nem sabia o quanto podia ser viciante. Mas, sim, através do álcool desinibia, fazia loucuras, integrava-me muito facilmente no mundo social, as pessoas riam-se comigo, e atraía o sexo oposto. E, no meio de tudo isto, de tanta beleza, permitia-me outra coisa: dormir à noite.

Desde cedo que comecei a tomar calmantes, pois vivia num constante estado de ansiedade, e para adormecer era um problema. Com o álcool, como eu adormecia! Mas, e durante o dia? Como ia ter a minha paz? Estresse dos estudos, pressão da família, amores, precisava de algo para me ajudar a acalmar, e focar. Um bagaço resolvia. Estudava melhor, fazia amor com paixão, e ficava menos ansioso. Só coisas boas. Toda a gente me conhecia, alguns me adoravam, outros me amavam, outros gostavam de mim. Era assim que eu pensava. Nesta altura para conseguir a minha paz interior, eu já tinha cinco vícios: amor, adrenalina, calmantes, tabaco e álcool. Sim, alguns vícios ainda fazem parte da minha vida, mas, vamos falar de álcool.

Após festas constantes, e muita diversão, acabou a universidade e começou o trabalho. O álcool fazia parte da minha vida noturna, mas, depois, começou a servir-me de *anti-stress* ao final de um dia de trabalho. Eu era comercial, a minha forma aberta e amável de falar, e de certa forma até ingénua, deu-me sucesso profissional. Responsável, organizado, prático e metódico, tornou-me o número 1 no que eu fazia, na minha área, a nível nacional! Mas, como eu aguentava essa pressão? Um copo (ou vários) ao final do dia... a ideia do *"robe, charuto e um copo de whisky"* fascinava-me para eu poder parar do meu mundo acelerado e encontrar a paz.

Cedo, essa ideia de 'álcool e diversão', foi substituída pelo conceito de obter paz e fugir do estresse, até tornar-se um ritual todas as noites. Uma vezes mais, outras menos. Mas tinha sempre que beber ao fim do dia para acalmar a ansiedade e conseguir dormir. Bebia às vezes socialmente no café, outras em casa. Sempre ao final do dia. E, às tantas, este 'sempre' tornou-se também todos os dias.

Apercebi-me um dia que, passados cinco anos, não me lembrava de um único dia que não tinha bebido. Minto, houve um dia, fiquei feliz por isso. Mas, entretanto, comecei a suspeitar que tinha um problema. Falei com o meu pai sobre isso, mas ele descansou-me ao dizer que isso era normal, porque bebia socialmente e nem a minha mulher alguma vez manifestou a dor que tinha ou o que via no seu homem.

Como estou por esta altura? Empresário. Marido num relacionamento sério e duradouro, Pai de família. Mas, sempre, a procurar mais a adrenalina e a intensidade, do que a paz. Essa nunca tive. Mas, verdadeiramente, o que conseguia com o álcool? Sentia que estava, outra vez, naquele mundo imaginário que referi no inicio. Mas, o que se passava à minha volta? Estava-me a isolar, continuamente, de tudo aquilo com que devia viver em harmonia. E, principalmente, a fugir daquilo que sempre fugi, as emoções. Senti-as, realmente, sentia-as na pele, mas anestesiava-as logo assim que podia, da maneira que podia. Por esta altura, afogava-as em álcool, e essa era a solução imediata para os meus problemas e sentimentos. O objetivo era alcançar a paz, não sentindo emoções. Se conseguia? Não, o que me preocupava mantinha-se lá, nada era resolvido, a minha depressão mantendo-se.

Como cheguei a este ponto, sem falar de algo essencial... o Judo. Comecei a praticá-lo na altura em que entrei para a universidade e conheci também o meu primeiro amor. Ali, as minhas preocupações desapareciam, a minha ansiedade também, e todo aquele ambiente e cultura, davam-me paz. Cheguei a ser atleta de competição. Parece fantástico, não é? Mas, porque isto desapareceu, porque não foi esta a minha opção ou solução? Mudei de cidade, prendi-me a vícios... cada vez praticava menos Judo, até que simplesmente não conseguia. Bebia todos os dias.

Já não tinha controlo do meu corpo, fui internado. Numa ala psiquiátrica, com uma liberdade muito limitada e num ambiente estranho. Mas reagi bem. Voltei a conseguir ler, ouvir música, filosofei sobre coisas importantes da vida, e voltei a escrever! Há anos que não escrevia, mas escrevi novamente as primeiras frases, frases essas belas, sobre mim e o que me rodeava. E, acima de tudo, frases para ler mais tarde, para ler ao 'eu' do meu futuro que não sabia lidar com emoções e não vivia em harmonia. Comecei com: *"Lembra-te da alegria que sentiste"*, era sem dúvida, um recado importante para mim mesmo.

Recomecei bem, não bebi no meu casamento sequer, evitava o álcool, mas recaia ocasional-mente. A minha força de vontade não durava mais que um mês, cedia à pressão, ao estresse, ao desejo de beber, e apercebi-me mais tarde que sozinho não conseguia. E, assim, sorrateiro e silencioso, o álcool foi voltando a inserir-se na minha vida. O meu desejo de não querer beber foi vacilando, na vida social e em alguns momen-tos mais intensos de emoções e, aos poucos e poucos, foi escalando. E de que maneira.

Durante um par de anos evitei o álcool, fugia dele, mas ele estava em todo lado. É a droga mais perigosa de todas, porque é a mais aceita socialmente, e até é a mais incentivada a consu-mir. E nem as tatuagens que fiz no meu corpo – *"Eu e a minha família, somos um templo de apoio, respeito e amor"* e *"Poder posso, está em todo o lado. Mas não quero"*– foram suficientes para me lembrar e conter.

A que ponto cheguei? Isolava-me novamente, não ouvia nem convivia com as pessoas ao meu redor, não ajudava a esposa nas tarefas, nem era marido, não ia buscar as filhas à escola, não tinha momentos em família, não era capaz de conduzir à noite, não era 'alguém', era uma pessoa 'ausente'. Deprimia facilmente, e sentia-me demasiado cansado para viver. Comecei a beber durante o dia, logo de manhã... cheguei ao fim da linha.

Mas, não era isso que estava destinado para mim. Deus assim não quis, quis que eu tivesse paz, e enviou-me os seus **Anjos da Paz**, além dos que já estavam comigo, afinal não era o fim, mas sim o início de algo mais belo. Finalmente, cedi e procurei novamente ajuda, tanto individual como em grupo, deixei-me de estigmas, agarrei a mão que me foi estendida, repensei a vida com a minha psicoterapeuta, entrei em abstinência do álcool, e juntei-me aos *Alcóolicos Anónimos*. E, em conjunto, consegui o que não tinha conseguido sozinho.

Fiz uma terceira tatuagem, uma nova fase de vida. Esta representa a minha força de vontade e resiliência, tal como a minha protecção espiritual. A minha vida passada, é como se eu não tive memórias delas. Comecei agora a criar novas, cheias de Amor. Comecei a ter momentos em família, as minhas filhas adoram-me, a minha mulher chora quando fala de mim, pois estou a tornar-me no homem que ela sempre sonhou ter. Voltei a fazer desporto, Judo, treinei, lutei, e até ganhei as minhas primeiras medalhas de competição – que sonho! Tenho outras medalhas das quais me orgulho muito também, as do tempo de recuperação!

Claro que mantenho alguns vícios, um deles a arrumação da Casa! Sou amoroso, sou grato. Consigo vitórias em todo o lado, todos os dias. Consegui a Paz, a minha paz e a dos meus. Pensei que tinha encontrado a paz no alcoolismo, mas estava enganado, não sabia o significado de paz.

Tive uma busca incansável por paz toda a minha vida e, afinal, ela estava, simplesmente, dentro de mim.

SEMENTES DE PAZ

João Fonseca, nascido a 1988 em Lisboa, com casa de família e férias em Constância, terra do seu afeto e onde se casou com *Sabrina*, uma mulher extraordinária(!), e tornou-se pai de outras duas forças da natureza, a *Isabella* e a *Marianna*.

É na Família e nos Amigos, e noutras redes pessoais e profissionais, como os *Rotaract* e o *Business Network International*, que encontra o seu ponto de força, felicidade e Paz. O seu amor aos Animais e a outras causas sociais e à Solidariedade, levam-no a defendê-las e a ter vontade de ficar com todos os animais que não têm casa.

Licenciado em Ciências da Engenharia Civil, mergulhou noutras estruturas e redes, as digitais, sendo empresário de uma empresa de Webdesign, a **DM7 Agência Digital**. Com especial gosto pela escrita desde a adolescência, recentemente tem refletido e agora escreve sobre uma problemática que o tocou durante mais de uma dúzia de anos da sua vida, o Alcoolismo. Temática que apresenta como semente de paz nesta coletânea, semente de paz entre *Sementes de Paz*, da sua paz interior e da paz de quem o rodeia.

Como atividades de lazer, surgem as Viagens em família e os convívios com familiares e amigos, o cinema, os Jogos de computador, e vários desportos, dos quais destaca o futebol como espectador e o Judo como praticante, neste último sendo atleta federado e medalhado, pelo **Judokai - Judo Clube de Sintra.**

A sua Ligação com o Criador, e a espiritualidade, leva-o mais além, em enfrentamentos e superações, em desafios e conquistas, o céu não sendo o limite e, sim, um ponto de partida para um lugar onde tudo é possível, sobretudo se estamos movidos pela força do Amor divino e da Vontade humana.

CAPÍTULO 31

A PAZ COMEÇA NA ALMA

Ilustração: <LOPEZ, Ronaldo>

Por Kenia Maria Pauli Machado

A PAZ COMEÇA NA ALMA

omo diria meu grande mestre Bert Hellinger: "A paz começa na alma". Somos seres sensíveis e viemos de longe em busca dessa grande harmonia entre nós mesmos e os outros. Percebi logo no início da minha caminhada rumo ao conhecimento, que a maior sede que eu buscava ser sanada na minha vida atual naquele presente, era uma certa paz que muitos expressavam, mas eu desconhecia.

Nesses últimos anos em que vivemos e vivenciamos a vida, acredito eu ter sido a maior e mais incrível escola rumo à sabedoria e ao discernimento. Pude encontrar em meio a turbilhões de dúvidas e inseguranças, a minha real integridade. Eu me tornei inteira em meio a desafiadoras incertezas que, ao mesmo tempo, me cobria com um manto envolto de coragem e muita força. Tivemos que criar (eu e minha família), em nossa alma, condições para que pudéssemos ter nossos dias reconciliados e em paz.

SEMENTES DE PAZ

Desde o início dos tempos, povos e países estiveram em meio a grandes disputas, as quais geraram muitos conflitos a todos nós, seres humanos: religiões; quem vence e quem é perdedor; senhores e escravos; melhor e pior. Vivemos nossos dias atuais carregando cada um de nós aquilo que de fato trazemos da nossa origem, de nossa ancestralidade. Conflitos que foram gerados em um passado distante e que refletem em todos nós, assim como irão refletir em gerações futuras.

Nossos Conflitos Vêm de Nossos Ancestrais

Pais que perderam seus filhos nas guerras, mães abusadas, filhos que nunca viram seus pais. Irmãos que se odiaram, mortes provocadas por inúmeras exclusões de classe, tornando muitas pessoas vítimas do futuro, o qual é nosso presente hoje. Crescemos em afrontas, em meio a guerras de sistemas, de etnias, classes sociais.

Aprendemos a Ver o Mundo Sob a Ótica da Concorrência

Para ser sincera, vivi dessa forma no decorrer de quase meus quarenta anos de vida. Eu via o outro como meu concorrente. Nas empresas que trabalhei, vencia sempre o melhor, e acredito eu,

COLETÂNEA   Page 272

ser assim ainda em inúmeros locais de trabalho. Pois, foi: vence sempre o melhor. E essa competitividade, de uma forma também inconsciente, enxergamos o outro como nosso principal concorrente. A sociedade me cobra ser melhor que o outro. E tenho chances de vencer se eu for melhor em vários requisitos.

Nós nos tornamos adultos com essas crenças, criando nossos próprios valores, com os quais vamos construindo nessa junção de nosso sistema familiar e a vida que vivemos, no meio que participamos.

Somos seres humanos tão diferentes, mas de uma forma intensa, ao mesmo tempo também nos tornamos tão parecidos. Parecemos uns com os outros na nossa forma de vestir, na maneira de fazer escolhas, no jeito de ser exatamente o que viemos ser em nossa essência.

Mas devido a todo conflito passado, as histórias que escutamos e a tudo o que de fato os nossos ancestrais passaram, é que também criamos e damos continuidade à nossa jornada da vida. Aprendemos que para sermos enxergados, vistos pelas pessoas, precisamos estar sempre no controle de tudo e de todos. Foi assim que nos foram transferidas essas informações. E mesmo que, de certa forma, tudo tenha sido transferido da melhor maneira pelos que vieram antes de nós, ainda estamos marcados pelos desafios, bem como aprendendo a evoluir e construir a paz que há muito nos é falada.

Podemos Criar um Novo Olhar: de Amor!

Depois de tanta dor e sofrimento que tivemos em nossa frente, nos foi possível parar, tirar um tempo, refletir e ter uma nova forma de olhar uns para os outros, como a nós mesmos. Contemplando, assim, cada um de nós, seres humanos, como nossa própria espécie, na qual todos nós temos os mesmos direitos e a mesma dignidade.

Criamos esse novo olhar de amor, o qual traz para perto de nós novas compreensões por meio do luto, pelo sentimento de perda que cada um sofreu. Com isso, aprendemos a nos reconciliar com o mundo, com as pessoas, com a vida, e, principalmente, com nosso próprio ser. E assim, para muitos de nós, a paz se deu. Esse sentimento de paz que alcançamos todos os dias, por meio de nossas lutas e vitórias diárias.

Buscamos incansavelmente alcançar nossas metas e objetivos, o que somente é possível quando estamos disponíveis a receber o nosso encontro com a paz, e torná-la nossa grande companheira.

Quando a carregamos conosco e usufruímos dela com toda nossa alma, podemos também nos manter alinhados nas nossas tarefas diárias. Pois, somente quando estamos inundados de paz é que se faz possível ter tranquilidade, ter clareza nas escolhas, sermos pessoas mais serenas e alegres. Apenas quando cultivamos a paz em nosso interior e a trazemos conosco, é que também conseguimos ultrapassar os desafios, as dificuldades e olhar para o próximo com um novo olhar, o de compaixão.

Quando vivemos em paz conosco próprios, a vida, que em nós agora é manifestada de uma forma, mesmo que inconsciente, chega até o outro. O outro percebe nossa mudança, sente-se bem ao estar em nossa companhia e, consequentemente, quando menos percebemos, a paz, que agora carregamos em nossa alma, abraça os outros que fazem parte do nosso convívio. Pois, o que transcende de nós é muito maior do que aquela simples vontade de se ter a paz. Agora é possível vivê-la e senti-la.

Agora eu me sinto, eu me aceito, eu me vejo. Reconheço os meus defeitos e os observo e os acolho com paciência e calma. Eu me aceito no meu modo de ser e vejo que o que vem do outro é exatamente aquilo que de fato abunda em mim. Eu vejo no outro aquilo que há em mim. Reconheço as minhas virtudes, mas posso olhar para o outro e ver coisas incríveis sem precisar me invejar ou me retrair. Olho para o outro e vejo também tanto de mim. Os meus gestos se multiplicam, e agora eles falam muito mais do que mil palavras.

Ou seja, podemos ser construtores de vida e de vidas em abundância. Pois, somente quando estamos cheios, completos, transbordantes daquilo que de fato há em nós é que também podemos escolher fazer parte da linda egrégora de amor. Viemos para somar. E a paz é o maior elemento de união de nós, povo; nós, humanidade; nós, família.

Conforme diz a poesia: "A paz começa em mim diz uma bela canção. Ela está dentro do coração, potencialmente pronta esperando assim que alguém a ponha em ação." (Eri Paiva, 2007).

Que tenhamos essa linda capacidade de dar ao outro aquilo que temos. E que o que temos seja, nada mais e nada menos que essa paz, a qual nos une naquilo que nos faz estar a serviço da vida!

Kenia María Pauli Machado é filha do Eucimar e da Maria Helena. É casada com o Jefferson, mãe de três, Lucas (in memoriam), da Maria Eduarda e do Carlos Eduardo. É natural de Colatina ES, e segue morando pela segunda vez na Inglaterra (2002-2005/2016-2023).

É Facilitadora Familiar Sistêmica, Coach sistêmica, Hipnoterapeuta Clínica, Escritora e Palestrante Internacional. Segue a vida ajudando pessoas a transformar suas jornadas. Oferece auxílio ao mostrar que é possível vivenciar um processo onde se atua de dentro para fora, no qual se é revelado o potencial criativo que há dentro de cada um, quando se assume o seu lugar de pertencimento, de autoridade, rumo à abundância da sua vida.

Ajuda o ser humano a enxergar a sua vida de uma forma muito mais leve, dando lugar às novas conexões e obtendo resultados transformadores e permanentes".

CAPÍTULO 32
QUEM DERA A PAZ, QUEM DERA!

Ilustração: <LOPEZ, Ronaldo>

Por Hélida Fidelis

QUEM DERA A PAZ, QUEM DERA!

uem dera, eu conseguisse falar de paz, de tal forma que isso tocasse e chegasse ao coração de alguém e fosse um ponto de inflexão tal, que posterior a isso, uma semente germinasse e virasse o fruto.

Queria eu ter a eloquência dos grandes poetas, que transformaram a paz em lindos poemas, ou até mesmo conseguir compor uma linda canção a ser reproduzida, como um hino de esperança aos corações, e, em versos e prosa, poder enaltecer e propagar a paz a todas as nações, em um coro uníssono de fé.

Quem dera, eu tivesse argumento, de tal modo convincente, para expor aos que governam com guerras uns contra os outros, do quanto a paz é um bem maior, um bem melhor, que traz relações mais lucrativas, traz restauração das nações. Pudesse convencer a quem tem o poder nas mãos, que o usasse em promoção de paz entre os povos.

Quando eu penso na contradição que existe em surgir guerras para alcançar a paz. Quando eu penso nos que pagam o preço doloroso no meio desse caos. Quando eu penso na dor dos que choram os seus familiares perdidos nesses conflitos, na aflição dos que têm desesperança ao invés de paz. Quando penso que, muitas vezes, esses conflitos são frutos das mãos de poucos, que propagam guerra.

Tudo isso causa um grande pesar no meu coração. Mas... Que lindo seria, que as diferenças entre pessoas, povos e nações (diferenças essas que são da própria da natureza da humanidade) não fossem um motivo para guerras, porém fosse regido por princípios de paz. Isso traria ao mundo, o nosso idílio desejado.

Quem dera eu, se você, que lê sobre paz, se tornasse um agente de paz. Quem dera a paz se tornasse a bandeira de todos nós.

Que sejamos a mudança que queremos, que o amor seja a primeira engrenagem que gira para o objetivo da paz a todos!

Hélida Fidelis tem 36 anos, e é casada. Nascida em Uberlândia Minas Gerais e criada no interior goiano. Cursou bacharel em Administração de Empresas por meio de bolsa estudantil. Sempre gostou das coisas diferentes da vida, e é apaixonada pela leitura e literatura, especialmente Guimarães Rosa, e arrisca, às vezes, pela arte da escrita.

Amante da natureza, gosta de gastar tempo em retiros nas montanhas e grutas de Pirenópolis, Goiás, onde amplia seus estudos e curiosidade sobre ancestralidade. É também onde ela se "aquieta" e se conecta com a espiritualidade, da qual ela não abre mão.

Sonha um dia em que todos reconheçam que aqui nessa vida, nossa verdadeira riqueza está na jornada breve a que viemos. E que o conhecimento é luz para essa estrada.

CAPÍTULO 33

SER PAZ

Ilustração: <LOPEZ, Ronaldo>

Por Patrícia Teves Costa

SER PAZ

paz é uma condição do ser. Algo que todos temos em nós. Enquanto seres divinos que somos, na nossa humanidade, quando nos livramos do medo, do desejo e nos sentimos seguros para ser quem somos, e apenas ser, experienciamos essa condição de paz. Como uma criança que olha para o mundo com o olhar encantado de quem vê e experiencia tudo pela primeira vez, quando nos permitimos estar nesse estado de contemplação e presença, nesse estado isento de medo, de julgamento, de condicionamento, de desejo. Nesse estado de apenas sermos quem somos, estamos nesse estado de paz.

O sentimento de paz é algo que está em cada um de nós. No nosso íntimo. Nessa segurança e alegria de viver, de experienciar, de manifestar, de sermos quem somos. E através dessa paz interior, que encontramos e cultivamos em nós, através desse estado de sermos, emanamos essa paz em tudo o que somos e em tudo o que manifestamos. De dentro para fora criamos e manifestamos a paz em nós e no mundo.

O estado de paz pode ser mais ou menos efémero ou duradouro. Quanto mais o cultivamos e o nutrimos em nós, mais permanente se torna. A paz é algo que se cultiva, que se nutre. Um processo interno de autoconhecimento e de consciência. Consciência de quem somos, do que somos. Consciência do que nos preenche, do que nos faz sentir inteiros, completos. E liberdade! Liberdade para expressarmos esse ser que somos. Manifestar o que nos preenche, o que nos realiza.

Num mundo cheio de desafios, em que temos necessidades, emoções, crenças que nos limitam e condicionam, em que temos "os outros" e as interações daí decorrentes. Interação com o outro e com tudo o que nos rodeia onde se geram muitas vezes medos e inseguranças, medo de não ser aceito, de ser julgado, de não ser amado, medo de que nos falte ou de que nos retirem algo. Medos que nos levam a entrar em "modo de sobrevivência", que nos geram conflitos internos que exteriorizamos na relação connosco, com o outro e com o mundo. Medos que levam a atitudes de ganância, de cobiça, de intolerância, de falta da aceitação e compreensão do outro, da sua condição e da nossa própria condição. Medos que nos levam à perda de consciência de quem somos. À falta de nos expressarmos, falta de liberdade, falta de amor, falta de paz!

Focamo-nos no "ter" e esquecemos o "ser". Passamos a viver em dualidade, esquecendo que tudo é uno, tudo é um reflexo de nós mesmos.
O estado de ausência de paz é um estado de ausência de consciência de quem somos. Um estado de ausência de amor, que é a nossa essência mais pura. Há que nos reencontrarmos com essa essência, que cultivar em nós a harmonia, o equilíbrio, a beleza, o autoconhecimento e autoconsciência, a expressão e manifestação do nosso ser. A aceitação da nossa humanidade com a consciência da nossa essência divina.

Este mundo dá-nos a oportunidade de experenciar, sentir, expressar, criar. E quando o fazemos desde a nossa essência, quando expressamos o que somos, quem somos, livres do medo e em amor por nós e por tudo e todos, na consciência da unidade, então somos completos, realizados. Somos paz.

Patrícia Miranda Rodrigues de Teves Costa nasceu em Lisboa a 7 de Junho de 1973. A primeira de três irmãs e primogénita da sua geração, desde cedo se habituou a "abrir caminhos", sendo empreendedora e criativa. Arquitecta de formação, mãe de dois rapazes e empresária, procura o equilíbrio e a harmonia na sua vida e em tudo onde que se envolve. Tendo como um dos lemas de vida "stop and smell the roses", procura e contempla a beleza em tudo o que a rodeia. Beleza que integra na sua vida e no seu trabalho.

Aliando a criatividade ao conhecimento técnico, como arquitecta, desenvolve trabalhos de arquitectura e design de interiores há 24 anos, criando espaços à medida das necessidades, sonhos e história de cada cliente, nas suas características individuais e nas características dos espaços que transforma. Com sensibilidade e empatia, procura a harmonia e o equilíbrio que proporcionem a quem usufrui destes espaços uma sensação de pertença e tranquilidade. Um sentido de estar "em casa", pois acredita que as características do espaço físico onde habitamos ou trabalhamos ou mesmo até onde estamos nos tempos de lazer nos proporcionam sensações que influenciam o nosso bem-estar. Um bem-estar que é essencial ao ser humano, para que possa sentir-se seguro, em harmonia para manifestar a sua essência.

Numa manifestação da sua própria essência, seguiu a sua paixão pelo canto, cantando num coro amador desde 2014. Teve aulas de canto jazz e actualmente dá a sua voz a um projeto musical ligado ao desenvolvimento pessoal e espiritualidade, para o qual recebeu e escreveu uma série de músicas com mensagens de amor, harmonização e cura. O reencontro consigo mesma surge na sequência de um retiro na China, em 2017, que dá origem a todo um processo de redescoberta, reconhecimento e consciencia- lização, tendo participado em diversos retiros e cursos ligados ao autoconhecimento e espiritualidade, dos quais nasce o projecto musical que atualmente integra. Contem- plativa, reflexiva e com apetência pela escrita, tem vários manuscritos, na sua maioria autobiográficos, introspetivos e/ou em conexão, que partilha através do seu canto e pretende partilhar igualmente sob a forma de publicações, sendo este manifesto sobre a paz uma delas.

A contemplação e manifestação da beleza fazem parte de quem, é trazendo para o seu trabalho, para o canto, para a escrita e para o seu dia a dia esse sentido do belo e da harmonia que lhe são inerentes.

CAPÍTULO 34
A PAZ QUE EXISTE EM MIM

Ilustração: <LOPEZ, Ronaldo>

Por Mami Seguchi

A PAZ QUE EXISTE EM MIM

 mundo vive uma guerra e estamos sendo expectadores da destruição. O homem destruindo o seu semelhante, em nome do poder, razão ou ego? Todo esse contexto me leva a refletir o que isso influencia a minha vida. Ao longo dos anos, fui saboreando frustrações, desilusões e derrotas. Mesmo assim, acordava todos os dias pensando: - Vamos lá para mais um dia de batalha, alcançar metas e conquistar vitórias.

Sempre escutei dos mais velhos: "A vida é difícil, tem que matar um leão por dia para sobreviver", entre outros bordões popularizados e repetidos por gerações. Como encontrar paz nesse mundo pensando dessa maneira? Mas, incrivelmente, uma grande porção de paz despertou em mim, como redenção e uma busca por perdão, ao descobrir que geraria um filho com uma deficiência, a **Síndrome de Down**.

O Amor me Libertou

O nascimento de meu filho, me libertou das cobranças infundadas, criadas ou implantadas até então em minha vida. Por anos busquei uma vida perfeita, aquela de comerciais de margarina, com a família reunida, próspera e feliz. Reconheci dentro de mim várias faces que além de me julgar, me condenavam. O Ego implacável e voraz. Quando me coloquei em primeiro plano, olhando para o ser mais indefeso, pude contemplar a minha paz. Não sou culpada pelas coisas que deram errado. Eu preciso apenas aprender a lidar com o resultado e enxergar que existiu o esforço para realizá-lo.

Com um olhar crítico, porém amoroso, farei melhor da próxima vez, penso. Não sou mais julgada por mim, somente por aqueles que não estão calçando meu sapato e caminhando a minha estrada. A crítica pode ser cruel, bem como a intenção da pessoa que a fez. Assim, percebi que a minha jornada é única. O que levo em minha mochila diz respeito somente a mim. Deixo pelo caminho pesos desnecessários e me sinto cada vez mais leve.

Começarei por Mim!

Vejo o planeta perdido no caos. O mundo precisa de paz! As pessoas precisam encontrar a paz! Começarei por mim. Levando meus filhos e algumas pessoas ao meu redor. Meu ato contra a guerra é levar o amor. Essa energia que flui através do meu ser para o universo. Eu acredito que o homem perceberá que o amor ao próximo é a única saída para o fim da guerra ou qualquer conflito. Faço uma pausa em meus pensamentos. Paro para um breve suspiro. Respiro uma vez superficialmente. Respiro outra vez agora profundamente. Limpo minha mente inquieta e barulhenta. Após algum tempo, respirando e soltando o ar lentamente, percebo o silêncio, a paz interior que tanto procurei. A paz sempre esteve ao meu alcance!

A Minha Paz Interior Refle em Meu Lar

Precisei chegar ao fundo do poço para interiorizar e encontrá-la, serena, silenciosa e que acalma. Procurei por todos os cantos, mas ela sempre esteve aqui, dentro de mim. A tranquilidade que emano atinge meus filhos. Eles sentem que a mãe está bem, trazendo a calmaria dentro de si. Meus filhos são do mundo. Desse mundo que não é necessário matar um leão por dia. As perspectivas são diferentes. O enfrentamento não é ofensivo e sim, um encontro com o desenvolvimento de suas habilidades para o bem da sociedade.

Quando passei os meus pensamentos, sentimentos e comportamentos focados em minhas forças, deixei minhas fraquezas de lado. Lembro que parte de mim é imperfeita e percebi que está tudo bem assim. Aprendo que cada um tem seu tempo para se desenvolver e está tudo bem também. Que minhas expectativas são somente minhas e me frustrar é uma escolha que fiz. Faz parte da minha busca e aprendizado. Volto novamente a respirar profundamente e devagar. Lembro que a paz existe dentro de mim. Preciso somente lembrar de acessar. Como uma pedra que cai no lago e pequenas ondas começam a se formar.

Eu Sou o Ponto de Luz!

Sou o ponto de luz que ilumina o meu pequeno lar. Continuo irradiando amor, com o encontro marcado semanal. A maior força existente no Universo todo. Comprovado cientificamente em experiências replicadas por muitos estudiosos. A flor cresce bela e formosa, com cuidados adequados e palavras gentis. Olho no olho e algumas palavras recheadas de amor. Quem nunca se sentiu revigorado com um belo elogio num dia ruim? Mas é certo que a tempestade precede a leve brisa. Sei que um dia poderei dizer: - A paz que existe em mim, existirá em todos nós!

Mami Seguchi é nascida no Japão, na província de Oita e vive em São Paulo. É Escritora de livros infanto-juvenis, formada em Administração de Empresas e Pedagogia com especialização em Educação Especial.

É Mãe de 4 filhos, um deles, o Henrique, que nasceu com a T21 (Síndrome de Down), a inspirou a escrever sobre temas de inclusão e Pessoas com Deficiência (PcD); Sim, tornou-se autora do livro *Amor, uma fadinha muito especial,* bem como Roteirista e Produtora da Peça de Teatro com o mesmo tema. É Podcaster (Mamitopia Podcast chegou ao Trend #1) na categoria Educação para Crianças pela Apple Podcast Brasil de alguns de seus episódios, avaliados pela CHARTABLE.

Foi indicada ao 64º Prêmio Jabuti e Prêmio Fundação Nacional do Livro Infantil e Juvenil de 2022 pela obra acima citada. Também participou da exposição "Artistas e Escritores pela Paz" em são Paulo e Londres, em 2022.

Participou da 1ª Feira Literária A Barros Editora - Academia de Letras, Artes e Cultura do Brasil 2022 e da exposição na 26º Bienal Internacional do Livro de São Paulo.

CONCLUSÃO

ue nossas sementes de paz possam cair em boa terra e brotar. E se tornem árvores frondosas. Que nossos frutos sejam alimentos de esperança para esta e para futuras gerações.

Seja edificado. Este é o mais profundo desejo do meu coração! Enquanto houver fôlego de vida, expressarei: é tempo de semear o bem.

Termino este livro com a esperança de que ele possa diminuir pesos em algumas vidas. Vogler (2015) disse que *precisamos expressar nossa criatividade, nossa verdadeira natureza, ou morremos.*

Vale a pena usar os nossos dons e talentos para fazer do mundo um lugar melhor. Vale a pena lutar para trazer à existência nossos projetos e sonhos. Prossigo acreditando no que disse Charles Dickens: *Ninguém pode achar que falhou sua missão neste mundo, se tiver aliviado o fardo de outra pessoa.*

Até a próxima edição!

Sueli Lopes

APÊNDICE 1: RELEASE DO PROOJETO GRUPO INTERNACIONAL DE ESCRITORES VOZES DA DIÁSPORA

O termo **diáspora** define o deslocamento, normalmente forçado ou incentivado, de massas populacionais originárias de uma zona determinada para várias áreas de acolhimento distintas. Em termos gerais, diáspora pode significar dispersão de qualquer nação ou etnia pelo mundo.

Modernamente, o termo diáspora significa não só a **dispersão** como o seu **resultado**, isto é, o conjunto dos membros de uma comunidade dispersos por vários países.

E, no meio destes resultados, não se deve ignorar a expressão de um povo ou comunidade que, por meio da escrita, tem contribuído sobremaneira para a valorização de sua língua materna, bem como para registrar as características culturais que cada obra literária carrega. Afinal, a literatura tem como maior propósito a humanização do homem!

O Grupo Internacional de Escritores Vozes da Diáspora tem como objetivos:

→ Integrar, valorizar, incentivar escritores de língua portuguesa. Aqueles que, mesmo longe de sua pátria, conseguem deixar legados importantes, não apenas "assistem" a História, mas contribuem com ela;

→ Criar pontes culturais entre o Reino Unido e países de língua portuguesa, por meio imersões sobre autores britânicos, produção de artigos de literatura comparada (entre autores britânicos e lusófonos), visitas culturais e literárias, workshop, oficinas, seminários e livros bilíngues. Afinal, a integração no país onde nos encontramos é essencial e, uma vez mais, a escrita é uma grande aliada;

→ Criar espaços de integração, onde os escritores possam se reunir, definir projetos, oficinas, workshops, lançar seus livros e ter momentos de sociabilização junto à comunidade de língua portuguesa;

→ Unir povos por meio de seu maior patrimônio cultural: a língua;

→ Contribuir para para o patrimônio literário, linguístico e cultural da língua portuguesa.

METODOLOGIAS E AÇÕES JÁ APLICADAS

Publicação de vários artigos pela CEO nos principais veículos de língua portuguesa (fisícos e online) no Reino Unido.

Dentre as atividades já realizadas pelo grupo, vale destacar:

Workshop sobre Charles Dickens- No dia que seria o seu aniversário; na "Dickens Room" do pub The spaniards Inn, em Hampstead, onde o escritor frequentava e escrevia;

Exposição Literária e Cultural "Artshout", na Espacio Gallery, Londres. Evento com exposição e lançamento de livros, declamação de poemas e show musical de Chorinho com o grupo Regional do Grafton.

Workshop sobre o laureado poeta John Betjeman, que salvou a estação de St Pancras, Londres, de ser demolida (a função social da literatura!);

Visita Cultural e Literária à Gordon Square e British Library, onde tivemos workshop sobre o famoso "Grupo de Bloomsbury"; Virgínia Woolf; o imortal poeta Tagore e o grande monumento do jardim da Biblioteca Britânica, "Newton after Blake".

Jane Austen: uma imersão histórica, literária, linguística e cultural, na qual foi abordado a importância de sua obra para escritoras femininas que, "entre a razão e a sensibilidade", não têm se calado. Assim, a **nova coletânea**, como resultado da pesquisa e workshop em Chawton sobre a escritora britânica, será lançada em 2024. O tema será **"A voz feminina na literatura."**

Jantar Literário na "Keats Room" do pub The spaniards Inn, em Hampstead, onde o escritor frequentava e escrevia. O jantar contou com a honrosa presença do Cônsul-Geral do Brasil em Londres, o Excelentíssimo Senhor João Alfredo dos Anjos Júnior, que apoiou o projeto e abriu as portas do Consulado para o lançamento de nossa coletânea. O evento será no dia 21 de setembro de 2023 (Dia Mundial da Paz). Deixamos registrado aqui nossos mais sinceros agradecimentos.

Ecoaremos nossa voz e a espalharemos por meio da escrita! Não nos calaremos! O mundo precisa de nossas histórias, de nossos registros até para compreender a si mesmo e, quem sabe, se tornar um lugar melhor!

Permanecemos firmes em nossa missão de contribuir para o patrimônio literário, linguístico e cultural de nossa língua.

Que nossa escrita e nossa expressão artística alcancem futuras gerações. Nossa língua não irá se calar! Ela, ao redor do mundo, se manisfesta em nossos ensaios, artigos, poemas, livros. Nossa cultura e identidade cultural serão eternizadas por meio de nossos legados, em cada obra publicada. Continuamos unidos num propósito coletivo. A literatura une povos! Concordamos com Camões, ao dizer: "Quem não sabe a Arte, não a estima."

Sueli Lopes
lopesuzion@hotmail.com

WhatsApp: +351939724351

Apoio Institucional:

Printed in Great Britain
by Amazon